NATUREZA MORTA

Título: *Natureza Morta*
© Paulo José Miranda
e Edições Cotovia, Lda., Lisboa, 1998

ISBN: 972-8423-33-0

Paulo José Miranda

Natureza Morta

Cotovia

Em memória do senhor António Rodrigues, meu padrinho.

Às senhoras Leonor Paixão e Maria Etelvina Santos.

Aos senhores António Marques e Pedro Paixão.

Em 1816, Portugal já não era um país. João sempre vivera dividido entre Paris, Londres e Lisboa, e há seis meses tornara-se-lhe evidente que gostava cada vez menos de si próprio. Haviam sido publicadas há um mês atrás em Londres, na Clementi & Co., três sonatas dele para piano e violino. E aproximava-se agora de Braga com aquele mal-estar que assola a alma assim que uma obra deixa de pertencer ao seu criador. Por mais que lesse e relesse as partituras, achava sempre que faltava tanta coisa e havia outras tantas dispensáveis. Não compreendia como podia ter permitido tal publicação, como podia mesmo tê-la composto. Sim, aquilo não era dele, ele já não era aquilo, ainda que o seu amigo e também compositor Muzio Clementi, por quem tinha muita consideração musical, considerasse as sonatas uma obra--prima. Angustiavam-no as segundas maiores

9

com que começava qualquer das três sonatas. E o problema intensificava-se por ignorar a origem dessa angústia. Uma segunda maior, tão sóbria, tão diatónica! Ele que se tinha dedicado à música precisamente pelo carácter moral desta; cedo reconheceu na poesia e na pintura baluartes da barbaridade que ainda habita os corações dos homens, contrariamente à música que, enquanto pura harmonia, expia todo e qualquer vestígio de maldade. A carruagem dirigia-se ao Mosteiro de Bouro, ia visitar o seu tio Manuel Leite Pereira, frade e mestre de capela. A última vez que se encontraram foi há mais de dois anos. Pensava em como o mundo muda tão depressa. Da última vez discutiram acerca do novo imperador e do que seria agora do mundo sob o despotismo francês. Mesmo vencidos por nós e pelos ingleses, em Portugal, Manuel temia uma nova carga francesa, temia aquilo que movia a França: a ambição sem Deus. Hoje, há já um ano que Napoleão foi derrotado em Waterloo. E continuam ainda a existir tantos outros perigos para o mundo, para a fé. Sentia falta do amparo do tio, esse bálsamo franciscano sem o qual a sua alma não podia passar. Relembrava a última carta, repetia-a dentro de si, mas não era a mesma coisa. Uma palavra sem voz é um cadáver, uma coisa triste. Foi por isso que Deus pôs a música no corpo dos homens. João chegava lírico como partira, embora mais amargo. Da última vez, chegou primeiro a Lisboa e só à partida passou pelo Bouro. Mas sentia-se cada vez mais cansado de Lisboa, dos homens, deste país. Aquilo que o afastou de Londres e que não o reteve muito ao passar em Paris foi Manuel e o Mosteiro. Completaria a sete de Novembro quarenta e um anos e quis estar por esses dias com o seu tio, com o silêncio. A vida não lhe dera muitas tristezas, é certo, mas sentia agora um aperto agudo e forte por também lhe ter dado pouco. Talvez não merecesse mais do que teve, mais do que tinha, mas os anos, especialmente estes dois últimos, concederam forças aos fígados contra o senso. Paris aplaudiu-o, Londres consagrou-o. Não é qualquer sombra de insucesso que justifica o seu desamparo. Dói-lhe ter vencido! E essa palavra agora na sua boca, venci, só lhe causa tristeza. O que é que venci, meu Deus, o quê? Que provei eu que não pudesse ser pro-

11

vado, que fiz que não pudesse ser feito, que dei aos homens que não lhes tivesse já sido dado? Os três momentos mais importantes não tinham sido nenhuma das suas obras, sentia uma espécie de inspiração religiosa enquanto compunha, mas essa sensação desaparecia assim que terminava a obra. Recorda aos dez anos ter pela primeira vez conseguido tocar a *Arte da Fuga* de Bach, aos vinte ter substituído o pai como primeiro oboísta da Real Câmara e aos vinte e nove ter assistido à primeira execução do *Requiem* de Mozart, em Paris. Esses foram os seus momentos de vitória: dominar uma linguagem, igualar o pai, compreender um génio.

A notícia da morte do seu tio Manuel entorpeceu-lhe o corpo ainda mais do que o frio das serras próximas, das terras do Bouro e do Gerês. A primeira vez que ouvimos essas palavras, ele morreu, não compreendemos o que querem dizer. Não fazem sentido, não as conseguimos escutar, como se houvesse uma contradição nos termos. Podemos admitir que outros morram, mas não aquele que nos está próximo.

Como é que o próximo se pode tornar no mais longínquo? O irmão Manuel morreu há quinze dias, não era audível, premia as teclas do piano e não soava nenhum som. Deixou-lhe uma pequena carta e uma partitura, continuava o frade, mas João escutava os lobos a anunciarem o início da noite e alguns tonéis empurrados pelos frades a rolarem na direcção da adega. A morte é a preferência de Deus, o privilégio do Seu chamamento, continua o frade. O silêncio de João aconselhou os frades a levarem-no para dentro. Deram-lhe água, depois licor de maçã. Não havia quaisquer sinais de reacção no rosto de João, o que levou o frade António a ordenar que fizessem que bebesse meio litro ou mais de aguardente de vinho verde e o deitassem. Amanhã, quando acordasse, já estaria em condições de reagir em conformidade à situação. Além de seu tio, irmão da sua mãe, Manuel fora um grande amigo de seu pai. João não acompanhava de todo o fervor religioso deles, mas também não se pode dizer que a amizade com Manuel fosse apenas música, era também o prolongamento do pai que morrera há já vinte anos. Enquanto lhe vertiam a aguardente garganta abaixo, lembrava a morte do pai, em Lisboa. Foram encontrá-lo no telhado da casa, inchado e gelado, após um ataque de coração. Deve ter ficado duas ou três horas, já morto, sem que lhe dessem pela falta. Era seu costume subir ao telhado ao fim da tarde, com o violino ou o oboé, para tocar avistando a Sé e o Tejo. Era já uma alma atormentada e melancólica. Quando o trouxeram para baixo estava irreconhecível. Tiveram dificuldade em lavá-lo e ainda mais em vesti-lo. Por esses anos, Manuel era mestre de órgão em Alcobaça. Dois dias depois estava em Lisboa a acompanhar a dor do filho da sua única irmã, também já morta, mas sem que chegasse a tempo de se despedir do seu amigo Francesco. Passava também pela memória de João o sofrimento de sua mãe, nos seus dois últimos anos de vida. Graves desarranjos intestinais tinham-na atirado para a cama num sofrimento difícil de ser presenciado por um rapaz de doze anos. Lembrava os gritos agudos de sua mãe noites inteiras, o mau cheiro à porta do quarto devido aos excrementos que o corpo não retinha nem controlava, principalmente no último ano de vida, as lágrimas do pai, o contraste suave da música, o desespero dos seus ouvidos, divididos entre a paz e a culpa. Escondia-se das palavras, na música, durante todo o dia. Por isso, o sofrimento humano ficou-lhe sempre ligado aos prelúdios e fugas de Bach, que lia e tocava constantemente para equilibrar o mal do mundo. Muitas vezes pensou seguir o tio, entregar-se a Deus e à música, viver apenas para o apaziguamento da alma. Mas nunca conseguiu abandonar o pai, os seus ensinamentos, principalmente o piano. Estudava de manhã, na Sé, Canto Chão e Contraponto, de tarde Canto de órgão e Composição. Quando regressava da Sé, esperava-o o pai para o ensino do piano, do violino, do violoncelo e do oboé. Já ia preferindo as adaptações que fazia de Bach para piano a tangê-lo no órgão ou no cravo, estimulado pelos incentivos e ajudas do pai, que não agradavam em nada ao tio. A aguardente continuava a escorrer como se não o atingisse. De repente sorriu, caindo depois sobre a mesa.

Na manhã seguinte, João perscrutou a partitura que o tio lhe deixara: *Obra de primeiro*

Tom sobre a Salve Regina, de Pedro de Araújo. Agregados à partitura encontravam-se alguns dados sobre o autor, mestre de coro e professor de música no Seminário Conciliar de Braga, durante os anos de 1662 a 1668. João já ouvira falar deste grande mestre do órgão, mas nunca encontrara ou escutara qualquer trecho seu. Em Lisboa, os grandes mestres portugueses do órgão conhecidos eram o António Carreira que, juntamente com o alemão Johannes Brumann, foi organista da Capela Real de Lisboa em meados do século XVI, mais tarde nomeado mestre de capela quando D. Sebastião iniciou o seu reinado, e o Padre Manuel Rodrigues Coelho, nascido em Elvas mas exercendo a sua actividade de organista entre o Palácio dos Duques de Bragança, em Vila Viçosa, e as Catedrais de Elvas e Badajoz, acabando também ele por vir a ser um dos organistas da Capela Real, no início de 1604, ao que se conta. De Pedro de Araújo, o que se sabia pertencia quase ao foro da lenda. Esta *Obra* de cento e dezanove compassos havia sido copiada pelo seu próprio tio de modo a deixar-lha como herança. A única herança que te faz realmente falta, escreveu na carta, talvez a inspiração que tanto procuras no estrangeiro esteja aqui no Mosteiro de Bouro, esta *Obra* que saíu do silêncio pela primeira vez há mais de cento e cinquenta anos, precisamente no berço de Portugal, nestas terras de Braga. Havia estudado na sua juventude um tento do mestre espanhol Antonio de Cabezón e outro ainda de um outro mestre espanhol, Sebastián Aguilera de Heredia, também sobre o tema *Salve solemne*, ambos precisamente com o mesmo início que agora lia em Pedro de Araújo: a segunda menor, o compromisso cromático e concomitante fuga ao diatonismo. E o início em todas essas três composições era precisamente lá-sol#-lá enquanto dominante de ré-dó#-ré, ao invés do comum lá-sol-lá e ré-dó-ré. Outra das semelhanças entre os três mestres era a frequência do intervalo de quarta diminuta. Em Pedro de Araújo, logo após os três primeiros compassos, a cabeça do tema, lá-sol#-lá, surgem nos três compassos subsequentes quatro quartas diminutas, efeito que percorrerá a composição, assim como a dos mestres espanhóis. Mas depressa João percebeu a diferença de Araújo em relação aos outros dois: a omnipresença do cromatismo da cabeça do tema ao longo de toda a composição, a segunda menor, contrariamente aos mestres espanhóis que rapidamente punham, no decorrer da peça, a cabeça do tema em formato diatónico, em segunda maior. Ocupou toda a manhã na leitura da partitura. Impressionante! Não lhe encontro resquícios de retórica barroca, de maneirismo, apenas música, profunda. Durante a tarde experimentou tocá-la no órgão e comprovou que a impressão da manhã estava certa, como um poeta ao escutar um poema seu em voz alta. Passou a noite lendo as restantes partituras de Araújo, que se encontravam depositadas no Mosteiro, mas não encontrou mais nenhuma que se comparasse à que o tio lhe havia deixado. Era tudo música de talento, de muito talento, mas só isso.

A morte sempre lhe trouxera vantagens. Quando a mãe morreu, o pai, de modo a compensá-lo, mandara vir de Leipzig as partituras d'*As Variações de Goldberg* e as *Suites Inglesas*, de Bach. Quando morreu o pai, foi convidado a substituí-lo como primeiro oboísta da Real

Câmara. Agora era a vez de a música o compensar da morte do tio, pondo em suas mãos uma pérola da composição universal. Sempre temeu a chegada desta hora. O completo abandono. Ele e o mundo. Todo o terror da expectativa e do desamparo nessa expectativa. Nem as mortes da mãe e do pai o haviam confrontado com tamanho desconcerto. Viviam ainda em meu tio o rosto de minha mãe, o amparo harmónico de meu pai. Agora, nada. Pó. Finalmente o pó face a face, como temi pela primeira vez nas noites dos gemidos agonizantes de minha mãe. E Deus sempre foi para mim uma comunhão com o meu tio, não verdadeiramente um Senhor, apenas o fundamento dessa vida que encarnava as vidas que me tinham sido importantes. Talvez tenha sido muito cedo confrontado com a morte ou, pelo contrário, tenha facilmente encontrado conforto nas partituras, não sei, mas Deus nunca chegou a reinar-me na alma verdadeiramente. Havia um ou outro interesse, uma ou outra promessa, coisas de criança, de jovem apaixonado e duvidoso do seu talento. Nada de sério. Nem mesmo quando pensava em seguir os passos de meu tio Manuel.

19

Havia um secreto desejo de vingança do mundo, de Deus, dos homens. Vingança do sofrimento de minha mãe e do meu próprio sofrimento, da minha perda, da memória repleta de gritos de dor. Tão pouco quis ser Deus, quis ser Bach. Ele e o meu tio foram o mais próximo que estive do Senhor. Sinto que gosto cada vez menos de mim mesmo. Este peso enorme de ser homem, esta tristeza de não poder ser somente música. O terror diante da cara. Sei agora que nunca consegui abandonar Bach, os seus prelúdios, as suas fugas, as suites, as variações. Fui um homem da proximidade apenas, dos homens e de Deus. Sem Ele e sem mais nenhum corpo ligado a mim, tenho de compor contra Bach, contra a sua harmonia, contra o silêncio e o apaziguamento. É chegada a altura de viver entre homens, entre a humanidade-pó das cidades. Assumir o morto-vivo que sou, compor a serviço do terror. O pó. A mãe, o sofrimento, a vida gasta em pequenas coisas, em nadas, cuidados de dia-a-dia, depois a morte em agonia pela noite. Esperou o marido, escutava-o, educou o filho, levou-o a primeira vez à lição de música, na Sé, entregou-o ao cuidado do frei Quaresma. Visitava também a sua mãe todos os dias, e quando esta adoeceu levou-a para sua casa. Lavava-a, dava-lhe a comida à boca, vestia-a, não queria ninguém a fazê-lo. Entristecia pelas cadeiras, por vezes João ia dar com ela a chorar. Era o pó. O maldito a infiltrar-se nos pulmões, na alma, a infiltrar-se na vida. Minha mãe viveu por tão pouco. Viveu por mim, pelo marido, por uma qualquer esperança de redenção do mundo, da sua própria vida. Vida calada, sofrida por um dia ter pecado. E pecou tão pouco. Apenas a luz que deu à sua carne. Que pensaria de mim, quando escutava estes dedos sobre o piano? Pensaria em Deus ou em Bach? Meu pai sempre desejou para mim o que já antes havia desejado para si. Teria sido tão importante ver-me compor. Sentir que havia alguma coisa dele que se prolongaria nos ouvidos do tempo. Foram muitas horas de ensino, sem regatear quaisquer esforços. Acompanhou os meus avanços, tocou comigo a segunda parte do *Cravo Bem Temperado*, resolveu dúvidas contrapontísticas, cantámos e tocámos muitas vezes o *Hallelujah* de Händel. Entristeceu muito com a morte da

21

mulher. Para além do dever, a Deus e ao Rei, a sua vida era a Teresa e o João. Teresa fora mais do que uma mulher para ele, fora cúmplice nas suas ambições de execução, nos seus sonhos de composição. Francesco sofria menos do que Teresa, embora fosse de uma natureza mais sensível. Sofria como um cão de caça, não como um animal de carga. Sempre muito exposto às variabilidades da atenção dos seus para consigo. Manuel esteve sempre na memória de João como aquele que realizou a melhor execução que jamais presenciara em cravo sobre as *Variações de Goldberg,* precisamente essa obra de Bach que a poucos interessava. Tinha sete anos e nunca a esqueceu. Voltou a ouvi-lo tocar muitas vezes mais e os anos não lhe mudaram o juízo. Dizia com orgulho que o melhor intérprete dessa obra de Bach era o frei Manuel Leite Pereira, seu tio, e a música de Scarlatti também ninguém interpreta melhor do que ele, acrescentava. Também nunca ninguém pôde apurar do exagero ou não das suas palavras. O tio tinha já assumido o cargo de mestre de capela no Mosteiro de Bouro. Quando escrevia queixava-se do frio e repetia convites para que João o visitasse, conhecesse o órgão e o auxiliasse na ordenação do espólio musical ali depositado. Havia sempre perguntas técnicas na volta das cartas a Braga. João não desejava que Manuel saísse contrafeito naquela que era a sua arte. Muitas vezes perguntava sabendo já a resposta. A tua morte deixa-me imensas perguntas. De todos os que conheci, foste quem mais se aproximou da felicidade. Sem mulher, sem filho, sem nada que deixar senão a cópia de uma partitura genial de Pedro de Araújo. Só tocavas pelo prazer de tocar, sem nenhuma outra ambição. Nada te mordia, Manuel, nada te atormentava a alma. De certo modo, sempre foste mais passado do que homem. A tua actividade de mestre de capela e a paixão pelo órgão nunca foram deste tempo. E sabes muito bem que é o piano que me apaixona, não o órgão; a sonata, não os tentos e as fantasias. Aperfeiçoei-me bastante na composição da sonata nestes dois últimos anos em Londres, com Muzio Clementi, mas, ainda que muito lhe aprecie a perícia de composição, a sua frieza não me agrada, tio. Há demasiada ciência em Clementi, demasiado rigor. Sinto tanta pena por não poderes ouvir os bons efeitos que consegui nestas últimas três sonatas. João conseguia perceber agora o quanto ainda faltava de emoção à sua arte. Por fim afastou-se do túmulo do tio.

A chuva cai na janela e a água dificulta-lhe a percepção dos movimentos do cão lá fora, tentando abrigar-se da desventura em que se encontra. Um homem ao sair de casa, furioso com a necessidade que o faz ter de ir para a rua neste domingo à tarde, pontapeia a criatura e vocifera impropérios. O cão gane e afasta-se com o rabo entre as pernas. Está encharcado, treme. É uma vida triste. A fome deve acompanhá-lo como a música me acompanha, sempre. O homem aproxima-se novamente do cão e torna a pontapeá-lo. A criatura sente-se incrédula mas conformada. Embora não espere nada de bom, o cansaço impede-a de se afastar. Encolhe-se e gane pelos golpes sofridos. Uma mulher vem à porta perguntar o que se passa, que o marido não se resolve a partir. Vai-te lá embora, diz para o homem, e enxota o cão. João deixa de ver o animal e olha a mesa coberta de partituras. Chegou de manhã a casa. Teve apenas tempo de desfazer as malas, lavar-se e comer. O desespero daquela criatura, foi a primeira cena que pôde presenciar no regresso à sua Lisboa. A vida teima em entrar-lhe pela alma dentro. Desde Braga que não viu senão miséria pelas estradas tormentosas do reino de João VI. Realmente, isto já não é um reino. Fomos saqueados por toda a Europa, dos espanhóis aos ingleses, passando pelos franceses, e é tanta a miséria, é tanta a ignorância que ainda agradecemos. Esta raiva surda contra o estado de coisas crescia-lhe dia a dia, desde a morte do tio. Não deixava de sentir culpa por ter precisado dos estrangeiros para lhe reconhecerem o talento. Aliás, nos últimos quinze anos passou quase todo o tempo fora de Portugal. A música, sempre a música primeiro do que tudo. Primeiro do que a vida, do que a política, primeiro até do que a morte que assolou não só a sua vida, mas também ainda assola o país. A ruína dos mendigos ao longo das estradas, junto às estalagens, nem português falavam, nada. Mas é aos molhos, é a realidade. Lisboa é suja, é má. Tem medo que lhe tirem o pouco que ainda vai tendo, protege-se. A pobreza, a ignorância, a humilhação são o diabo. Jesus sempre o soube, por isso tentou invertê-lo com palavras. É-me tão difícil pensar que Jesus gostasse de música. Nunca cheguei a dizê-lo a Manuel, mas estou cada vez mais convicto do Seu mau ouvido para a música. Não a odiava, mas também não lhe tinha amor. Tinha seguramente amor ao homem que a tocava, se o visse ou pensasse nele, mas não à música. Jesus deve ter tido muitas dúvidas acerca do benefício dela para humanidade. Por ironia, a melhor das músicas foi feita para Ele. Ainda se faz. Mas a mendicidade está em todo o lado. Habita não só as ruas, mas as nossas próprias casas. Habita-nos as próprias almas. Debruçamo-nos despudoradamente sobre um qualquer interesse mesquinho, sobre todas as distracções do mundo. Debruçamo-nos sobre a cegueira. Não ver é um prazer enorme. Lisboa é suja, é má. Da sua casa, João vê espinhas de peixe atiradas através de uma janela, lá em baixo. Ouve gritos imundos lançados à cara uns dos outros. Tudo se suja, tudo se maltrata. Não ver foi um prazer enorme, compreende agora. Tem a alma perdida, vibra em desacordo com os actos do povo, das gentes, os actos do mundo. Que Deus me perdoe, mas grande terá de ser a culpa de um rei, dos reis, a culpa de qualquer poder. A chuva continua a cair, há novo lixo a sujar as ruas, outras vítimas de maltratos. Olha a mesa coberta de partituras. A música já não preenche por inteiro a sua alma. A maior angústia já não é uma segunda maior. Deus me perdoe, se Lhe devo o talento, mas a música pode ser um erro. Tão grande como o mundo, Deus. O cansaço é fácil. Os nervos distendem-se ao limite da insuportabilidade do exterior, à ruptura com o próprio interior, com o Eu. A loucura é uma brisa doce, um amor para sempre. Não é coisa de homens. O destino imediato de João é suportar a depressão, tem a sensibilidade estragada, perdeu a capacidade de indiferença necessária à sobrevivência. A luz enfraquece. Senta-se ao piano, procura refúgio na *Suite número 3,* em Sol menor, das *Suites Inglesas,* de Bach. Tocou o prelúdio. Três minutos de felicidade. Continuou com a alemanda e a corrente. Mais três minutos sem a presença do mundo. Ao tocar a sarabanda entristeceu. É, na *Suite,* o momento em que a alma encontra o mundo. O preço que o homem paga pela felicidade anterior: a tristeza. Depois dela, do encontro com o mundo, a realidade da contingência da alma, vêm duas gaivotas. Mais dois minutos. O momento em que, depois da tomada de consciência da adversidade da existência, o homem cai na embriaguez da diversão; e diz, é aquilo que se leva desta vida. Em suma, a resignação em que muitos ficam. Por fim, dois minutos de sabedoria, a giga. Não há aqui nenhuma mácula, nem de ingenuidade, nem de tristeza, nem de resignação. Esta fuga é a maturidade da reflexão, a reconciliação com o mundo e a imposição que o homem lhe faz de algumas condições da alma. Longe da sabedoria, a vida de João encontra-se precisamente entre a sarabanda e as outras danças, alhures entre a tristeza e a resignação. Tenho de reconhecer que sou um homem de sorte. Sei onde encontrar em mim treze minutos de felicidade. O tempo de tocar ao piano a *Suite em Sol menor*, de Bach. Treze minutos em que vamos de Deus ao homem, do paraíso ao conhecimento, caminhando pela tristeza e pela resignação. Em nenhuma outra *Suite* conseguimos ter esta impressão. A maior extensão de todas as outras suites não o permite. Mas é preciso matar em nós esta visão sincrética da existência humana. É preciso matar Bach. É preciso compor segundo o horror. A música tem de aproximar-se da pintura e da poesia. Tem de ser mais bárbara.

Na manhã de segunda-feira, tocou pela primeira vez ao piano a peça de Pedro de Araújo, que seu tio lhe deixara. Passou todo o tempo até ao almoço a adaptá-la aos efeitos do piano. Não se apercebera sequer das condições meteorológicas lá fora, embora tivesse reparado que estava escuro. Provavelmente chovia. Mas não era certo. Arrefecera de ontem para hoje, isto sim, é certo, sente-se cá dentro. Almoçou sozinho. O silêncio permitiu que perscrutasse melhor o cadáver do robalo que tinha à sua frente. A boca levemente entreaberta, o corpo reteso, os olhos vivos de morte lenta, distante, como se ainda pensasse na injustiça fora das águas. Separou-lhe a cabeça do corpo, depois abriu-o ao meio, puxou-lhe a espinha. Ali estava a criatura toda desmembrada, apenas

dois lombos, já só prazer humano. Derramou-
-lhe em cima dois leves fios de azeite. A primeira investida do garfo e o vinho a concordar,
a corroborar a morte e o prazer que se iniciava
logo junto aos lábios. A degustação da refeição
aumenta com a aniquilação da forma do peixe.
Uma véspera de Natal, o galo a correr sem cabeça pela cozinha, a fugir dos criados. Depois, à
mesa, a coxa, que sempre gostara de comer,
lembrava-lhe o animal a esvair-se tortuosa-
mente em sangue. A carne assumia agora, através da sua forma, a representação da agonia, o
absurdo do sofrimento que o animal sentira.
A compreensão de qualquer forma retira prazer
ao objecto que se aprecia, pensou. Não, só a
compreensão de uma forma morta. Compreender a forma da morte é que causa desprazer, não
a morte ou a forma tomadas isoladamente.
Parecia-lhe evidente, pois desde o dia do galo
que só comia aves se a carne servida viesse des-
fiada. Com o peixe tinha ainda a capacidade de
fazer ele mesmo essa operação. Mas, se não
estivesse à mesa, apreciava muito ver um peixe
morto e ainda cru. Parecia existir mais perfeição
agora do que quando, logo após ter sido pes-

cado, ainda se mexia, se retorcia em busca da vida que sentia fugir-lhe. Percebeu então que a segunda menor representava o sangue espalhado pelo branco das paredes da cozinha, pelas estradas empoeiradas. Representava a menor variação possível na escala entre a vida e a morte. O mistério.

Demora muito tempo a encontrar os pais. E só raras vezes os encontramos vivos. O quadro que os representa, pintado por um italiano conterrâneo do pai — João devia andar pelos cinco anos —, encontra-se pendurado numa das paredes da sala de jantar, precisamente à esquerda da cabeça da mesa, onde costumo tomar as refeições. Os semblantes sérios, mas sem serem carregados. A mãe sentada, a mão sobre o braço da cadeira, levemente reclinada à direita e o vestido cor de pérola recebendo os cabelos negros e encaracolados. O pai, de pé com a mão sobre a mão da mãe, de negro com virados de renda branca e a tez do sul de Itália. O rosto arredondado de João e os cabelos encaracolados denunciavam parecenças evidentes com a mãe. O único traço do pai, que não na alma, era sem dúvida o nariz. O silêncio do olhar, o vazio da casa, o abandono aos pensamentos. O despertar constante das dores mais longínquas, dos obstáculos que os gestos mínimos trazem. O modo como a mãe dobrava o guardanapo no final da refeição, tão diferente do modo como o pai fazia. Era este que servia o vinho, sempre com um comentário e um olhar na minha direcção, desde que comecei a poder bebê-lo. Quando passava para a sala do piano a mãe punha-se muito atenta a escutar, por vezes cantava. Uma voz linda de contralto. Em miúdo, costumava haver muitas visitas, festas. Infelizmente tinha de se recolher cedo, poucas vezes jantei socialmente com minha mãe. Havia uma criada septuagenária que, após a morte de sua mãe, costumava deixar-lhe de quando em quando um rato morto debaixo da cama, durante a noite. Ajuda a aliviar as febres da pobre criança, dizia à cozinheira, e não te preocupes com as formigas, faço uma roda com alho à volta do bicho, nada se aproxima; acredita que dentro de dias já ele dorme bem, basta um bicho desses duas vezes por semana e o diabo da morte foge logo; é preciso é não lhe mostrar medo. Mas é precisamente o medo que causa os maiores disparates, cria discursos absurdos, vozes inócuas. A criada havia de morrer antes de morrer a morte de minha mãe. Da verde e leitosa morte que queima os lábios e incendeia as carnes que os envolvem, morte como um figo jovem sobre o rosto. Não a morte que depois, madura, atrai formigas eternamente em nossas almas. O tio queima-lhe agora as carnes três vezes. É uma dor de formigas vermelhas das colónias e leite muito verde. Havia também um quadro a representar Manuel, na outra sala por cima do piano. De pé junto ao órgão de Alcobaça, cabelos grisalhos, batina e crucifixo. Tinha uns olhos azuis que não se sabia de onde. Talvez da fé. Pediu que lhe trouxessem um Porto, ali à mesa das partituras, onde se preparava para se sentar. Era evidente que gostava cada vez menos de si próprio.

Resolveu sair. Dirigia-se a casa do desembargador Francisco Duarte Coelho. Homem mais velho, muito apreciador das artes da música, e com quem estabelecera amizade nos anos subsequentes à morte do pai. Duarte Coelho assistira tragicamente à morte da Nação e à morte de um filho, num intervalo de dois anos. No final da primavera de 1808, fora obrigado a traduzir, de modo a ser publicado em todo o país, o Código Civil de Napoleão Bonaparte. E custou-lhe muito ter de pôr em português a regência francesa. Mais tarde, a dez de Outubro de 1810, o seu único filho varão haveria de morrer na frente das Linhas de Torres Vedras ao lado do general e seu amigo Bacelar, contribuindo para a grande vitória do exército anglo--português comandado por Wellington. No dia em que se iniciou a derrocada francesa, que fora liderada agora nesta terceira e última invasão por Massena, iniciou-se também a irreversibilidade do infortúnio de Francisco. Mas, meses antes, já Duarte Coelho sofrera com o tratado de comércio anglo-português, assinado pelo Governo do Rio em 19 de Fevereiro, e que atribuía um autêntico monopólio aos Ingleses. Porque a verdade é que, além de vassalo de Napoleão, através da figura de Junot em Lisboa, Portugal era agora uma colónia brasileira. E, depois da expulsão dos franceses, além de continuarmos como colónia do Brasil, podemos dizer que na metrópole também pouco ou nada se alterou, porque Junot deu lugar a Beresford: um general francês substituído por um marechal inglês. Claro que a Inglaterra não desejava dividir Portugal em três reinos, como a França pensou fazer, apenas explorá-lo comercialmente o máximo que pudesse. Fazer de Portugal o que ele é hoje, um cão de rua que não espera nada de bom, apenas subsídios ingleses para abatermos portos e barcos, mortes com que fingimos saciar-nos. Enquanto em Portugal tudo isto se passava, recebia em França os aplausos de Paris. A minha música agradava. Tanto que no final do ano 10 resolveu partir para Londres, e não foram só conjecturas políticas que o fizeram tomar essa decisão. Evidentemente, os Ingleses precisavam mais dos Portugueses, entre outras coisas dos seus portos, e Napoleão começava a não achar muita graça à resistência portuguesa contra a França e ao colaboracionismo com os Ingleses. Só que, enquanto pensava em todas estas coisas, João reconhecia que foram sempre questões estéticas que fundamentaram as decisões tomadas, tanto na partida para Paris quanto na partida para Londres.

E fui sempre muito prudente na escolha do melhor momento, tanto para sair de Lisboa quanto de Paris e até recentemente de Londres. O que impulsionou a sua ida para Paris foi sobretudo a necessidade de ser reconhecido numa grande cidade europeia. Já a ida para Londres teve como causa de primeira ordem o aperfeiçoamento da composição da sonata com Muzio Clementi. Escusava de estar agora a arranjar argumentos para uma ausência de quinze anos do país, no preciso momento em que aqueles de quem ele não gostava trabalhavam para que Portugal deixasse de ser país. Mas João costumava dizer a si mesmo que a sua ausência era justificada pela grande importância, para Portugal, de ver a sua música consagrada nos melhores palcos estrangeiros. Estes anos todos fora do país doíam-lhe muito. Era outra morte. Dirigia-me a casa de Francisco. Custa-me muito andar pelas ruas da cidade. Quando saí de Lisboa para Paris, em 1801, na primeira quinzena de Outubro, dias depois da ratificação do tratado de paz com França, em Madrid, Portugal prosperava. O saldo da balança comercial para com as outras nações era muito positivo, mesmo para com a Inglaterra. Mas vejo agora Lisboa semelhante aos arrabaldes da cidade do tempo em que tinha dez ou onze anos, e às estradas de hoje, nos reinos de Portugal e Espanha. Foi uma viagem que fez para Sintra com o pai, pelos anos de 86 ou 87. Era a primeira vez que passava as portas de Lisboa e ficou muito impressionado com o lixo e a miséria. Sob raquíticas oliveiras cinzentas e laranjeiras empoeiradas, encontravam-se depósitos de infortúnio. Farrapos, ferros enferrujados, pessoas sujas, madeiras apodrecidas, ossos, chinelos esmifrados, e bandos de cães sanguinários e famintos como pessoas sujas. Treze anos mais tarde, na primeira viagem de regresso a Lisboa, em 14, reencontrou-se com essa imagem da infância, pelas estradas da Península. A guerra, a grande casa da Europa; e o seu bastardo, a ruína das gentes. E o filho dessa puta habita agora o coração de Lisboa. Por toda a Alfama vemos gatos mortos. Cheiros nauseabundos que alimentam os muitos cães que sitiam a cidade, que a invadem. Os gatos matam as enormes ratazanas que sobem do rio, os cães matam os gatos debruçados sobre a fome, os homens matam os cães

38

e as ratazanas matam os mendigos. Por vezes os bêbados também se matam entre eles, por um pouco mais de vinho ou apenas por cansaço de tudo o que se passa à sua volta e dentro deles mesmos. E há uma tão grande rivalidade de fome e de orgulho entre as diversas aldeias que compõem a cidade, que não raros são os assaltos e crimes violentos entre os seus aldeões urbanos.

Fosse como fosse, não podia deixar de ser português. É um cheiro etéreo a passado que nos acompanha toda a vida. Preferiu não jantar em casa de Francisco, embora tenha sido recebido com as mesmas alegria e pompa de sempre. João Domingos Bomtempo, seu Camões do piano, dos violinos e dos oboés, para quando uma ópera ou uma sinfonia, uns Lusíadas, homem? O elogio era sincero, a comparação exagerada e a ópera não interessa a João. Encontrou Francisco muito abatido, apesar da efusividade de anfitrião e amigo. Nunca mais foi o mesmo depois da morte do filho. A política já lhe interessa muito pouco, embora alguns amigos o venham mantendo informado acerca do que vai acontecendo, mais do que ele desejaria. Afastou-se pouco a pouco dos negócios e só a música recebe alguma verdadeira atenção. Apesar de dorido, o seu patriotismo mantém-se intacto, pediu que João tocasse no cravo a sua sonata preferida de Carlos Seixas, em ré menor. O allegro bastante marcado, forte e engenhoso, o adagio lembrando de muito perto o tema d'*As Variações de Goldberg*, sugerindo indecisões, dependências sem fundamento, embora Seixas nunca tenha tido acesso a esta obra de Bach, obviamente, e o minuete é já o saudosismo português de outras eras. É assim que o amigo ouve a sonata: Afonso Henriques em diante, Alcácer Quibír até à Restauração e o minuete. Tive de tocá-la duas vezes. Francisco prometeu visitá-lo ainda esta semana para escutar as suas sonatas inglesas.

A noite intensifica a ruína. As mortes confundem-se com o escuro, com o silêncio, com a ausência de uma voz humana por perto. E a chuva é um facto que traz de novo a morte da mãe, a morte do tio, a morte do pai, a morte do filho de Francisco, a morte do país. A mãe exposta à primeira intempérie desde que desceu à terra. O pranto, a aflição de lhe querer valer, levar-lhe um agasalho, construir um tecto sobre a campa. Estava quase a fazer treze anos e a mãe na rua, à chuva, ao vento, ao frio, à morte.

A cama doía-lhe, as mantas pesavam-lhe coisas que nem sabia. O medo de compreender que não compreende nada. A noite. Nenhum som lhe valia. Nem a voz gritava. Rasgava tudo no estômago. A morte de Manuel abriu-me de novo o medo. Abriu-me de novo a vida. Acabou por não jantar. Não comeu nada. Sentou-se ao piano, debruçado sobre a compreensão da segunda menor, a mais ínfima intermitência entre a vida e a morte, como havia reconhecido ao almoço. Passou pelo menos duas horas nisto. Quando o criado entrou e perguntou se ainda ia precisar dele — ao que respondeu que não, já se podia ir deitar —, é que me apercebi de já haver muitas horas que não comia nada. Sempre que se esquecia de comer, o espírito traía-o com repetibilidades mecânicas, tanto na música quanto na vida. Poderia muito bem estar mais uma ou duas horas à procura de entender sabe-se lá o quê, sem muito discernimento, sem chegar sequer à razão do que me levara a começar. As ideias rodavam, rodavam sempre em torno do mesmo, atraídas por esse redemoinho estéril e obsessivo, uma espécie de encantamento. O meu organismo não suporta muitas horas sem alimento. E mais do que o corpo é o espírito que se ressente. As vozes são apreendidas como se fossem uma outra qualquer realidade distinta da do uso comum. Uma espécie de pânico suave. Suave porque a vida não está em risco, apenas a percepção do mundo. Com a música torna-se mais grave, já que me habituei a viver com bengala de compositor. Quando a percepção da harmonia é quase completamente destruída, o que por um instante fica evidente é a incapacidade de continuar a viver, a compor. As ideias rodam, rodam sempre em torno do mesmo. Não posso viver sem comer. É uma falha no sistema da minha existência, tenho de reconhecer. Será que Bach também comia?

A noite. É tão difícil perdoar. Como é que se pode pôr coragem numa vontade, carinho num coração, sabedoria numa existência? E é um poder tão grande o esquecimento. Em pequeno, quando ouviu pela primeira vez falar de felicidade, o único modo de traduzir — de entender — esse conceito foi pensar que não se lembrava de uma falta cometida. Pesava-me um carrilhão partido ao violino do meu pai.

Quando deu com aquilo partido, Francesco perguntou ao filho se havia mexido no violino. Disse-lhe que não. A mentira atormentava-me. Não consegui dizer a verdade nem esquecer a mentira. Foi assim que compreendi a felicidade. Esquecer completamente que havia partido o violino do meu pai, que lhe havia mentido. A felicidade era viver de novo como até aí, viver sem culpa. Perdoar é muito pior. É conseguir ser feliz de novo, disse-me meu tio. A proximidade da morte distorce qualquer acto praticado contra nós. Tudo perde o devido valor que tinha antes. Que importância podem ter as calúnias acerca de nós que alguém vai polvilhando pela cidade, perante a morte de uma mãe? Mas como não vivemos usualmente próximos da morte, é precisamente nessa distância maior que temos de medir os actos dos outros. É tão fácil perdoar quando estamos embriagados de luto. Temos de nos afastar um pouco da cova, para exercer o perdão. Também é igualmente fácil perdoar no auge de qualquer tipo de sucesso. Quando o mundo expressa o seu gosto por nós, sentimos que também devemos retribuir-lhe alguma coisa. Nesse momento, nada nos parece mais equilibrante do que perdoar a quem nos ofendeu. Se o perdão é um gesto de vivos, é igualmente um gesto lúcido. Não se compadece de excessos nem de vida nem de morte. Perdoar é realmente uma coisa muito estranha de se pedir a um homem. Sentia-me como se tivesse de perdoar a Deus e ao mundo. Foi com dificuldade que adormeceu. A manhã mantinha-se escura, mas não chovia. À janela do quarto olhava mais para dentro de si do que para a rua. O medo de ser sozinho alastrava. A morte cercava a casa com o seu exército. Dispunha o tédio nas traseiras, a tristeza na porta da frente e tinha ainda o cuidado de rondá-la com a vergonha, a desgraça e o desespero. Deus meu, não afastes já o fogo do amor que pode manter em respeito tais feras! E este amor não quer corações, quer ouvidos, muitos ouvidos de mãos bondosas. Temia uma amargura que lhe impedisse os sons. Temia um excesso de comunhão com a realidade. Uma forte geada na alma, o rancor, podia realmente destruir a vontade de criar.

Era noite, era dia, era dor. O homem levanta-se para um piano, enfrenta a morte com sons. Enquanto morre, varre do mundo o mundo. Foram pelo menos quinze dias sem sair de casa. Toquei para encontrar Deus. Não pensava em compor, não pensava em mim, nas minhas dúvidas. Era preciso primeiro saber de Deus. O que será da música sem Ele? O amor, ainda que existisse, não era visível. Bastava olhar. Bastava debruçarmo-nos sobre a própria intimidade. Não havia senão rancor, ódio. E, em alguns, uma vontade de regressar a um tempo que nunca existiu. Regressar à palavra, a um som puro. As mãos nem sempre chegam para o pensamento. E por mais instrumentos novos que se construam, haverá sempre desejos por satisfazer, medos por clarificar, sons que se não vêem. O abismo de criar, de viver, de suportar a dor, a morte que nos bebe licorosamente. E estar só, ser só é tão contrário a Jesus, meu Deus. Teu filho nunca soube o que era a morte, o que era verdadeiramente morrer. Morreu jovem, teve mãe e pai a enterrá-lo, e seu pai Deus que o ressuscitou. Sequer um amor traiçoeiro, ambição por dinheiro ou por belo, nada.

Uma carruagem passa lá em baixo na rua, e o fá sustenido do trepidar das rodas provoca uma pronta resposta, em fá natural, por parte dos vidros da janela, como se estivessem empenhados em corrigir algum erro ou quisessem precisamente mostrar que na vida não há erro. A areia transformada respondia ao ferro transformado e só o homem ouvia. Novamente a morte, a vida, a segunda menor. João não sabe como transportar a manhã até à tarde, a tarde até à noite, a noite até à vida. Nem sequer sei como tornar indolor este tempo desertificado. E a música não me salva de nada. É impotente para resolver os problemas dos dias. Olhava agora o piano como o cadafalso a que mais cedo ou mais tarde teria de subir.

Sei muito bem a solidão, o desamparo, a miséria a que estou votado. O homem não vale uma nota afinada. Tornava-se evidente que gostava cada vez menos de si próprio. Embriagava-se morosamente na dor, sem que tivesse consciência disso. Seria capaz de atacar e defender tudo ao mesmo tempo. Não havia contradição, apenas desencontro consigo mesmo. O mundo não era uma mágoa recente. Recente é a má divindade que o persegue. Chego a pensar que nunca mais conseguirei ser bom. A bondade é um destino. Até agora, só morri à minha volta, mas estar-me-á ainda reservada a necessidade de matar? Lá fora, a fome ronda as casas. Os pedintes, os aleijados, os assassinos formam uma crosta enorme sobre a pele de Lisboa. É o destino, é o acaso, é a crueldade dos homens. Ninguém nos defende de nós mesmos. E Deus, que sabe o fim, não revela nada do que vem, nem sequer o início. O saber ronda a alma. Teve um ataque súbito de pegar fogo à alma das partituras, apenas à alma. Transformar esse saber em madeira queimada. Dói tanto prever o que se vai passar, ver para além dos factos. Deito-me e acordo a medo. E não conseguir adormecer, essa peste quase negra, que nunca abandonou o coração dos homens. Compõe-se música para não gritar. Estuda-se para não pensar. Aplaude-se para não chorar. Chegou às dez da noite vivo de fome. Agora, despir-me para me deitar é uma derrota. Não quero mais nenhum dia, só dias anteriores. Os dias antes da dor. João amava a celeridade do passado. E é provável que não tenha descansado nessa noite.

De repente, há uma manhã que nos ilude. Confunde-se a luz do dia com uma outra luz, a esperança. E um piano soa da janela de uma casa, o fumo dos sons sobe ao telhado, aí, onde a morte visitou o homem do violino. Por vezes, temos a morte tão perto que tocamos só para não a escutar, como se me escondesse por detrás da razão. Continua-se a tocar. Está mais frio, mas está mais sol. É um dia magro de inverno, quase outono, quase belo. Ontem, nada faria prever este respirar leve, de novo o amor. Sorria sozinho por entre as colcheias. Um disparate enorme deixar-se levar assim pelo entusiasmo. Mas é tão difícil arranjar forças para morrer. E já tantas vezes me agarrei ao piano somente para sentir ternura. A maioria das vezes nem há música, só uma espécie de sentimento, quase tangível. As notas não ecoam com um sentido determinado, salta-se de pensamento em pensamento, mas sente-se apenas a nossa própria voz incoerente, falha de harmonia com a vida. Nada para ser levado a sério, para vir a dar corpo a uma sonata. Talvez mais tarde, contudo, se venha precisamente a pensar nisto que não pensávamos e se construa uma obra, a partir da voz incoerente de outrora. Porque o pensamento precisa de viver de alguma coisa, e não será certamente dele mesmo. O pensamento vive da falta de ternura. A única dúvida é se a vida suporta essa coisa chamada ternura. Mas há manhãs que nos iludem. Sei que só a ilusão alimenta a vida. É preciso fazer funcionar o piano, o mundo. O desânimo, a realidade não existe.

Almoçou quase descansado. Apenas uma leve contrariedade lhe interrompeu o estado de graça em que me encontrava. Ficava sempre perturbado quando derramava vinho sobre a toalha da mesa, o modo como o linho absorvia a cor escura e estranha ao seu próprio corpo lembrava-me o carácter corrupto dos homens. A natureza diz tudo acerca do humano. Mais do que devia, e até mesmo mais do que sabe. Uma corda oxidada não acerta com nada e, por mais que se tente, a nota que se consegue reproduzir é sempre uma sombra da que efectivamente se queria; é um velho que se mija todo, que já nem consegue dizer senão coisas continuamente ao lado. Como ter o amor na cabeça e não saber o que fazer dele. Mas, à parte este imprevisto, a refeição correu bem. Parte da tarde passou-a a cantar Händel. Lembrou o pai, lembrei todas as mortes e até parecia não doer. Estava a ser um dia para a posteridade. À noite não jantou porque trabalhava. Escreveu durante várias horas seguidas a parte melódica de uma missa que ainda não sabia bem o que seria. Cantou-a, acompanhava a voz com acordes muito simples no piano, trabalhava de novo. Sentia que começava a dominar a morte. Levantava-se, de quando em quando, e espreitava o escuro pela janela, depois amava de novo as velas do candelabro, que se esvaíam como tinta nas partituras.

A primeira coisa que fez ao levantar-se foi reler o que havia escrito na noite anterior. Esta não era uma manhã de ilusões. Nada se aproveitava, rasguei tudo. Retornava ao mundo dos vivos. À vida equilibrada, desapaixonada. Nem dor excessiva, nem esperança desmesurada. Foi sempre assim, nas mortes anteriores.

A dor, a agonia, novamente a dor e depois o tédio. O espírito, a alma e o corpo esgotavam-se por inteiro nestas batalhas e, então, o tédio surgia inevitavelmente. Um duro golpe final que por vezes chega mesmo a acabar com vidas. Nas mortes da mãe e do pai, João era ainda muito novo para ter de se preocupar com isso. Mas, há três anos, em Paris, assisti a uma morte destas, de um amigo compositor. Perante a morte dos seus dois filhos, durante a campanha de Napoleão na Prússia, ficou completamente prostrado num sofrimento atroz, que os amigos e a música tentaram aliviar. Quando tudo levava a crer que o pior já havia passado, aconteceu precisamente essa morte apática, essa morte sem sal. E a música, que tanto ajuda na dor e na agonia, de nada serve aqui. O tédio tem de ser atacado por um seu igual, tem de ser atacado pela política. O que havia a fazer era tratar dos assuntos mais prementes. Pôr a correspondência em dia, visitar amigos, saber o que se passa com esta cidade. O que é exactamente este país, agora? O seu tempo precisava de ser ocupado em tarefas que exigissem pouco do espírito, mas que pudessem despertar a alma.

Neste estado, os nervos arrasados, o corpo exangue, qualquer esforço do espírito podia ser-lhe fatal. À pequena contrariedade, uma melodia pobre, a vontade dirigiria todas as suas forças contra a sua própria vida. Havia que descansar, recuperar forças para o espírito através do fortalecimento da alma, do ânimo. E uma cidade, um país dói sempre menos do que uma melodia. Veja-se o exemplo de Napoleão: conquistou a Prússia, mas nunca poderá derrotar Bach. Ainda que destrua todas as suas obras, Bach viverá nas mãos dos franceses. Com a política diante dos olhos, como um espelho, não restavam dúvidas que gostava cada vez menos de si próprio.

A política desmorona-se necessariamente a si mesma, porque o que move qualquer interesse só pode ser de natureza pessoal. Em casa de Francisco, conheceu Nunes. Homem ainda novo, de pretensões literárias e nada dado a políticas. Fazia questão em afirmar que apenas uma morte poderia fazer sentido: morrer por amor de uma mulher, por uma incongruência; a morte revelar-se-ia, assim, a exacta medida de uma vida. Um país tinha muito pouco significado na ordem total das existências, mas não uma mulher, não o amor. À medida que o jovem falava, João atentava na variabilidade rítmica e melódica da sua voz. Contrariamente às suas palavras, o som era audível. Hoje, por toda a Europa, os salões vão ficando cheios deste palavreado. Nem a guerra, nem a miséria os fazem calar. Mas, por outro lado, não havia dúvida que o modo apaixonado com que se expressam proporciona matéria de interesse musical. Só aqui, na própria vida, pode realmente uma ópera existir. No palco, qualquer paixão humana é destituída de verdadeira música; pode-se, quanto muito, imitá-la. A música realiza apenas o que não existe. É esta a sua essência. Pensei no quanto a música acabara por destruir a minha própria vida. Nunca se escolhe ser compositor; é-se ou não se é escolhido. E somos escolhidos muito antes de o sabermos. O mal começa a infiltrar-se-nos através de pequenas coisas, e muitas vezes insuspeitadas. Toda a arte, se vivida com a própria existência, só pode levar a perder um homem, ainda que salve outros. Mas só salva aqueles que nela se não perdem. A música é incompatível com um corpo. Ao contrário da política, que é a exacta expressão do que interessa à subsistência, à coexistência. Ninguém de bom senso se entrega a esta coisa de mortos, a este pensamento melódico pelo qual tenho vivido. Deus deve pôr a arte no coração daqueles que mais têm de expiar. É uma redenção. Por culpas que nem sabemos. Por culpas que havemos de ter. Mas talvez também seja o único modo de virmos a conhecê-las. Um homem, sozinho, sentado numa cadeira junto a uma das janelas, lembrou-lhe, por parecenças, o seu amigo Silvestre Pinheiro Ferreira, que deveria estar encerrado em algum livro, e pensou no quanto deve ser terrível a vida de um filósofo. Como saberá ele distinguir entre a verdade e aquilo que deseja que seja verdade? Pelo menos na música a verdade é sempre sonora, ouve-se. Melhor: ela faz-se ouvir. Há tanta miséria no mundo. Enquanto pensava em tudo isto o debutante não parava de falar, de tecer argumentos acerca disto, acerca daquilo, do que quer que fosse. João sentou-se ao piano e enunciou umas verdades de Bach, o suficiente para ser interrompido por Nunes. Puta que o pariu, pensou. Mas será que não há nada que o emudeça? Já ele discorria acerca da falta de sentimento de Bach, da falta de modernidade. Que está completamente ultrapassado. Que só historicamente se justifica tocá-lo. João anuiu e afastou-se. Puta que o pariu. Perguntou a Francisco, que se riu, há algum lugar em Lisboa em que se possa pensar ou ouvir música? Não sei se algum dia haverá, respondeu divertido o desembargador. Mas Lisboa diverte-se sempre. E um problema afligia João: como conciliar a sua vontade política com a sua impaciência social? Por outro lado, a sua vontade política era reformadora. Ambicionava reformas culturais e não o poder. Ambicionava educar o povo, não governá-lo. Havia ainda ingenuidades que o tentavam.

Hoje chegou uma carta do seu amigo, exilado em Londres, o senhor João Bernardo da Rocha Loureiro, o redactor do jornal *O Portuguez*. Apesar de todas as divergências no tocante ao modo como se está na vida, como a aceitamos, a enfrentamos, João tinha sincera afeição por João Bernardo. Ligeiramente mais novo do que ele, via-o como a um irmão mais novo, que não tinha, um irmão mais alucinado com a vida. Recordo-me tão bem de ouvi-lo pela primeira vez, há mais de dez anos, no Porto, a dizer pela primeira vez que o segredo para bem escrever é ter uma fecunda e viva imaginação e um sentir profundo, que então lembram logo as palavras, apreendidas em bons livros, para com elas se vestirem as ideias. Sempre julguei essa sua posição irrealista, uma completa recusa a uma procura séria daquilo em que nos envolvemos. Não me parece que seja com viva imaginação que se faça seja o que for, mas com a contrariedade, a contrariedade da existência, a contrariedade de existir. E nem sequer se faz uma obra contra este nosso tempo — não o tempo que cada um é, mas o tempo comum —, nem a favor dele, uma obra erige-se apenas com desprezo por este tempo, por qualquer tempo comum. Só se compõe estando deliberadamente contra nós mesmos e com profundo desprezo por tudo o resto. Mas o João Bernardo era muito mais do que as suas ideias delirantes. Era um guerreiro. O que também sempre me lembrou o D. Quixote, e que o fazia rir quando lho dizia. No fundo, também se orgulhava do epíteto, da comparação, que lhe conferia alguma validade. Evidentemente, na minha boca não era propriamente um elogio, porque sem o Sancho Pança o D. Quixote não passava de um pobre coitado. Aliás, como é sabido, a grandeza de D. Quixote só se traça na exacta medida do fascínio que causa em Pança, um fascínio que, juntamente com a piedade, este arrastou pela outra criatura.

E João Bernardo, através do seu jornal, também arrastava as opiniões de muitos sanchos panças deste país. E esta grandeza era justo reconhecer--lhe. Mesmo de longe, de Londres, ou principalmente por ser de longe. Havia também que reconhecer a sua bela prosa e a contundência do que muitas vezes escrevia. O problema era a sua infinita crença na alteração do estado de coisas. Dizia que estava preocupado, que não mais havia tido notícias minhas. Perguntava-se se a minha natural propensão para o cepticismo acerca do humano e da sua possibilidade de evolução, o meu cinismo mesmo, me não teria levado de vez para alguma terra escondida, lá para o Brasil. De facto, uma ou outra vez cheguei a comentar com ele acerca dessa minha ideia, de partir para o Brasil, deixar a Europa. Tentar, não procurar um homem novo, mas um deserto maior de homens.

Quando passava inesperadamente pela rua do Salitre, a caminho da casa de Francisco, já não se lembra bem o que o havia levado a passar por ali, usualmente não o fazia, viu sair de um prédio, logo ao cimo da rua, um homem que conhecera há dois anos em Paris, precisamente dias antes de partir para Londres. Mandou parar a carruagem, apeou-se e dirigiu-se a esse homem. Naquele momento, por um brevíssimo instante, conseguiu sentir em alguma parte de si um pouco de alegria. Então, meu general, sempre o vejo cá por Lisboa! De facto, o homem tinha estado encurralado em Paris, após as últimas campanhas por Napoleão, comandando o que restara das tropas portuguesas após os combates em Portugal, precisamente contra o exército de Massena. Mas um militar deve apenas obedecer e combater a serviço das ordens que escuta. O que então o apoquentava era não ver em Portugal a sua situação regulamentada. E desejava ver compreendido inequivocamente que nunca combateu contra os interesses de Portugal, o que era verdade. Mas a situação não foi nada fácil de resolver, o país estava, e está, repleto de instabilidade e de interesses mesquinhos. Tudo isso o reteve, e numa situação bastante desconfortável, a ele e a uma senhora que o acompanhava, por... um par de anos, não foi, general? O homem foi bastante efusivo nos cumprimentos, que era tudo verdade, o que João dizia, mas acrescentou que estava já reformado, general mas reformado. E nunca esqueceu o dinheiro que à época João lhe emprestou, decorria uma demorada e inexplicável investigação acerca do seu caso, aqui em Portugal, e todos os seus bens tinham sido retidos pelo governo. Depois, perdeu por completo o paradeiro de João. Fiz questão de lhe não deixar qualquer nota e permitir ao acaso ou ao destino juntar-nos ou não de novo. O homem sentia uma alegria profunda por finalmente poder saldar a dívida. Despediram-se com promessas, por parte de João, de um destes dias vir visitá-lo, aqui a casa, precisamente neste prédio em frente. Depois, em casa de Francisco, contou ao amigo quem havia encontrado. Ora, ora, brincava Francisco, o velho general Gomes Freire. Já não é o mesmo. Não lhe falta a coragem, mas o senso. Fazem-se uns encontros muito provocatórios para o governo de Beresford, aí em sua casa. Francisco não me aconselhava a ir a casa do general, muito menos a frequentá-la. Mais cedo ou mais tarde poderia ter de me enfrentar com problemas que não eram meus. Aliás, nem sequer são problemas do general. Está a ser usado, o pobre. Aproveitam-se da sua bondade, do seu peito aberto. Mas eram tudo coisas que João sabia muito bem. Enfim, gostou de rever aquela alma. Só isso. Contou também da carta recebida de Londres.

Estava a ser extremamente complicado para João envolver-se com seriedade nas preocupações políticas, que deveriam ajudá-lo no restabelecimento do seu ânimo. Os dias passavam, confrontava-se com as pessoas, as ideias e não conseguia ver senão miséria. Miséria por todo o lado. A miséria, o pó dentro de cada homem, dentro de cada alma. Por outro lado, todo este esforço em compreender os homens e as suas instituições era já uma verdadeira preocupação política. Não eram propriamente as pessoas o centro da sua perturbação no tocante ao espaço público, mas antes a indiferença que aí se constitui. Sinto uma dificuldade profunda em relacionar-me com essa inevitável indiferença. De algum modo, existem semelhanças com a tristeza que sentia ao ler as cartas do tio, aquelas palavras sem voz e sem estilo, já que não havia nelas quaisquer traços da sua individualidade, contrariamente ao que acontecia quando tocava as suas interpretações no órgão. Mas não se trata de uma redução da existência à criação. Em rigor, seria antes somente uma dificuldade em ser conforme ao anódino. Relevava daí o seu furor, de quando em quando, pela pedagogia, pela educação, como se esta pudesse efectivamente levar cada um de nós a nós mesmos e não o contrário. Para ele, educar é uma espécie de apresentação da pessoa a si própria, como se até aí ela apenas se conhecesse a si de vista. As pessoas empobrecem cada vez mais de si próprias, em favor da totalidade do espaço público, que encontra na política, concomitantemente, o seu argumento forte e o seu destino. Por outro lado, nem por um só momento chegou a duvidar da sua dedicação liberal. Aliás, talvez estas dúvidas constituíssem precisamente o centro gravítico do ser liberal. Estas ideias atravessavam-me enquanto tocava no piano excertos de uma sonata de Seixas, precisamente aquela que Francisco prefere. Reconheço a beleza da sonata mesmo sem lhe prestar muita atenção. Aliás, esta é uma das obras que se me revelam mais quando não as escuto ou toco com demasiada perscrutação, como se só pudessem revelar a sua essência precisamente nos intervalos da feroz atenção humana. Mesmo nas outras obras isto também acontece, evidentemente, porque há coisas que só distraídos podemos compreender; mas o que se passa é que, efectivamente, há algumas que apenas deste modo se deixam revelar não por completo, mas na sua mais profunda identidade. Esta distracção não é a distracção inerente à ignorância acerca de uma linguagem, mas a distracção que frutifica nos intervalos do conhecimento de uma linguagem.

Mas o sofrimento do povo causava uma forte impressão em todo o seu ser. E a sua impotência não revelava uma concordância com alguma espécie de ordem natural ou Divina deste estado de coisas. Compreendo tão somente que não possuo ouvido, talento para a pragmaticidade que a acção exige. E, provavelmente, se me entregar àquilo que a minha natureza rejeita continuamente, acabo por destruir a minha própria vida. Não porque apresse o meu próprio fim, mas porque me entrego a uma existência destituída de finalidade. Em mim, a miséria só pode ser combatida e amada com música. Quando pensava em combater, João pensava em reconduzir-se, a si e a cada um que a escutasse, à própria música, à arte; quando pensava em amar, pensava em reconduzir-se a si e a cada um a si próprio. No fundo, tratava-se de tomar consciência, respectivamente, do infinito e do finito. Não conseguia afastar de si este tipo de pensamentos. Enrolava-se neles e eles mesmos o enrolavam num complexo labirinto próximo da loucura. E, ao invés de se sentir cansado, ficava ainda mais excitado, mais enérgico dentro de si próprio. Mas havia um fundo de consciência que reconhecia o cansaço, embora o seu cérebro não conseguisse parar. Por vezes, acontecia que encalhava em alguns pormenores e, então, por incapacidade de produzir novos focos de interesse, novas frases, um tédio moderato acabava por adormecer-me.

A rua, os seus sons, o movimento, o inferno. Caminhava sem destino, atentando na fisionomia das diversas pessoas com que se cruzava e na indiferença com que prosseguiam as suas vidas.

Nada poderia alterar o vazio de um rosto humano, nada, sequer a aplicação das teses liberais. Mas era necessário produzir um esforço na tentativa de reconduzir a sua tendência liberal para além da lucidez com que perscrutava a realidade. Para já, é preciso salvar-me. Depois, logo se vê. Avançava por entre o pó. Algures nesta cidade terá de existir um sentido, alhures dentro de mim terá de existir uma reconciliação. Esta é a demanda da minha vida, a demanda do verdadeiro sentido da existência, da alegria. E, se a encontrarmos, salva-se o mundo. Avançava por Lisboa, pelas suas ruas, pela sua miséria. Continuaria a avançar pela vida adentro até, talvez, não encontrar nada. Avançava. Vendia-se peixe, descarregavam vinho à entrada das casas de pasto, roubava-se, pedia-se esmola, entristecia-se muito, chorava-se e, por vezes, uma gargalhada interrompia todo o fio discursivo do seu olhar, como uma coisa estranha caída do céu. Avançava por entre o frio, por entre o cinzento, lembrava Paris, Londres, lembrava-me até das mortes que transportava. A rua, os sons, o movimento, o inferno. Avançava até que escurecia.

De manhã, junto à janela, a morte volta. A agitação dos pombos revolve em si uma frase antiga, mas que agora lhe surge de modo diferente, com outra intensidade, outro ritmo. Uma voz, um baixo, a começar em dó — semínima aumentada — ainda dó, agora uma colcheia, depois repete si e repete o ritmo das notas anteriores. Escuta outros dois compassos, tudo em quaternário. Mas desta vez ambos com duas mínimas cada um: o primeiro, ré bemol e dó; o segundo, mi bemol e ré. Seguiram-se ainda mais dois compassos. O primeiro com quatro semínimas, fá-fá-mi-mi, e o segundo com uma semínima aumentada, uma colcheia e uma mínima, mi-mi-ré. Provavelmente a influência cromática do tento de Pedro de Araújo transformou aquela frase antiga, a segunda menor dominava. E porque acabei por não conseguir esconder-me da última morte que me aconteceu, esta também acabou por se transformar em música. Só então compreendi que se tratava do início de um *Requiem*. Passei a escutar as palavras que acompanhavam a frase musical: *Requiem aeternam dona, dona eis, Domine*. Dai-lhes o repouso eterno, dai-lhes, Senhor.

À noite, João teve a certeza que aquela frase, que os pombos revolveram, lhe salvou a vida. Sem ela, sabe-se lá o que lhe poderia ter acontecido. A política poderia muito bem ter sido a minha morte. Entretanto, escrevera já todo o *Introitus*. Pelo menos uma primeira versão, um rascunho de *Introitus* deste *Requiem em Dó menor*. Bebia novamente a doce inspiração que adocica a miséria. E um *Requiem* é efectivamente o paradoxo máximo da miséria adocicada. É esta a grandeza e a pequenez do criador: assistir à subjugação do sofrimento ao prazer. O sofrimento não desaparece, pelo contrário, mantém-se presente, mas sob as ordens do prazer. Quando este por fim acaba, então, o sofrimento regressa, mas já humilhado. E um sofrimento humilhado é já uma culpa, não é sofrimento, pelo menos não é sofrimento límpido, será quanto muito sofrimento impuro. No fundo, João sabia que só deste modo poderia superar o sofrimento, assumindo uma culpa, a de caminhar para a eternidade com a morte dos outros.

Nestes dias de grande produtividade criativa, acontecia-lhe muitas vezes deitar-se e não conseguir adormecer. A sua imaginação vagueava constantemente entre as frases musicais e a ansiedade de reconhecimento, de um reconhecimento desmesurado. E era com rapidez que saltava da música para aquilo que o tempo vindouro diria acerca dele, acerca da sua música. Assim de tão próximo, de dentro da própria partitura a ser construída, a sua música parecia-lhe eterna, de uma qualidade indubitavelmente superior. Outras vezes, sequer os seus sonhos tinham qualquer sustentação real. E ele mesmo o sabia. Precisava apenas de me perder em possibilidades desde logo inconcretizáveis, de modo a concentrar as energias com muito mais rigor naquilo que ia escrevendo. As energias libertadas durante um ímpeto criativo necessitam de ser equilibradas constantemente,

vigiadas, pois facilmente tendem a controlar-
-nos, ao invés de serem por nós controladas. Por
conseguinte, os devaneios a que me entrego
nestes períodos, trata-se tão somente de um
exercício necessário para cansar a imaginação
— aqui, a parte visível e nefasta das energias
descontroladas —, para que ela não venha mais
tarde atrapalhar a composição. Dantes, enun-
ciava o problema deste modo: de todos os sons
que escuto no meu interior, quais aqueles que
não devo escrever, que não deverão ser escuta-
dos por outrem, e qual é a regra que o determina? Pois não tenho dúvidas que há frases que
devem permanecer apenas no meu cérebro.
E, precisamente nestes últimos dias, tinha-se-
-me revelado enquanto inequivocamente verdade que a regra que determina a frase que
sobrevive até ao exterior ou a que deverá perecer
no interior é a intuição pura: a apreensão absoluta de uma frase, e absoluto quer apenas dizer
lapidado de excessos. Assim, aquilo que sempre
fizera instintivamente assumia-se agora enquanto verdadeiro sistema: o controlo das energias descontroladas durante o tempo que dura o
ímpeto criativo. Na prática, as frases irrompem

para diante com violência, e o que registo é somente o tempo que demoro até alcançá-las eu mesmo, com o meu próprio esforço. Este alcançar eu mesmo a frase que irrompeu de mim para longe de mim mesmo é que é realmente a intuição pura. Porque aceder directamente à frase, transcrevê-la sem o esforço de alcançá-la, não é intuição mas alucinação. Mas este alcançar não é somente compreensão inteligível, é também compreensão não inteligível. Embora, em todo o caso, sempre compreensão. Há que compreender aquilo que nos atravessa, antes de escrever; ou seja, controlar as energias descontroladas. Uma outra questão se põe: não pode efectivamente haver frases que, embora não sejam compreendidas, possam até ser as melhores e, assim, através deste método, nunca cheguem a ser escutadas? Há grandes probabilidades de ser verdade, mas isso não anula a necessidade do método, isto é, a necessidade de um discurso acerca do próprio processo criativo. Um discurso interno, sem quaisquer ambições de regra universal. Ainda pensou, às voltas na cama, em levantar-se e escrever estes pensamentos para o seu amigo João Bernardo, mas depressa reconheceu que não levaria a nada, ele tinha demasiada paixão para conseguir ver o que quer que fosse que lhe quisessem mostrar.

Acordou. E tudo para onde olhava se transmutava em música. As coisas e as pessoas vinham dar a ele para além do habitual. Um aleijado que viu passar na rua não era apenas um aleijado, era uma frase musical, um compasso, uma escala que se interligava a outros pensamentos musicais. Para onde quer que olhasse fazia desaparecer coisas e pessoas. Literalmente, o mundo desaparecia por detrás da música. Mas, mais importante do que tudo, é a necessidade de manter a perseguição àquilo que está a originar a escrita desta composição. Ser-lhe fiel, mais do que a mim próprio, mais do que à música que faz desaparecer o mundo. Assim, de repente, saindo por detrás não do mundo mas da música, vozes e instrumentos começam a ser conduzidos no meu interior como se tivessem uma intenção voluntária de surgir diante do espectador enquanto natureza morta; um motivo de conflito por excelência entre o apreender e o apreendido. Compreendo então que uma natureza morta é o coração de toda a expressividade. Esforço-me por alcançar a vontade das frases que me atravessam. Em Paris, em casa de um amigo, João pôde presenciar um quadro de Chardin que não mais esquecera e havia de o tentar continuamente, *Cesta de pêssegos com nozes, groselhas e cerejas.* O quadro caía novamente pelo interior da sua atenção. No centro, os pêssegos ordenados, empilhados, aprisionados na cesta, era o que primeiro nos surgia, num leve muito leve contraste com o fundo, a parede escura, porque também eles eram escuros, principalmente os que se viam no rebordo da cesta. Havia contudo um pêssego, quase no centro da cesta, no centro do quadro, que clareava, mais claro do que as nozes à esquerda fora da cesta e onde uma luz incidia, ou mais claro do que as groselhas que, do lado direito do pêssego e do lado esquerdo das cerejas, estas encostadas, completavam a matéria orgânica. Havia ainda uma pequena cereja abandonada entre as nozes e as groselhas. A mesa também apresentava um matiz mais claro do que a parede. Mas a luz naquele pêssego era um segredo, como se viesse do seu interior e não do exterior, alguém no meio do nada a querer impôr uma fé, um sentido a toda aquela morte. Se os frutos pudessem aguardar alguma coisa, aguardavam apenas o apodrecimento. Separados das suas árvores nada mais poderiam esperar. E um só pêssego parecia contrariar todo o abandono a que aquela breve vida estava votada. E é do abandono a que sempre estive exposto, mas que só agora com a morte de meu tio consciencializei, que esta composição deverá tratar. Por conseguinte, agora é que já não podiam existir quaisquer dúvidas acerca da natureza desta composição. É definitivamente um *Requiem*: lembrar a Deus as almas daqueles que me morreram. As almas, que para Deus são pêssegos sobre uma mesa.

Andava pela casa. Na sala, o retrato do pai olhava-o como se não o compreendesse. Aquele olhar que todos fazem perante as dúvidas e as descobertas daquele que cria, daquele que se debruça sobre o seu próprio mistério, o seu próprio desconhecimento. Não eram apenas a morte e Deus que o separavam do pai, era muito mais. É sem dúvida alguma o terror, a vida. Essa coisa simples de onde até vem o que não é dela. Amanhecia, lá fora uma mulher idosa carregava pesados sacos e o corpo naturalmente vergava. Não era a morte, era a vida; a necessidade de alimentar um corpo que lhe não pertencia, que nunca lhe pertenceria, que não era sequer ela mesma. Era o coração dos seus problemas. Não tinha escrito muito, é certo, apenas meia dúzia de compassos, mas é o início de uma nova obra. E, depois, uma só frase bem escrita vale um dia inteiro. Não sentia sequer cansaço, apenas alguma lentidão nos gestos e, por vezes, encalhava numa ou noutra reflexão. Repetia continuamente dentro de si o que havia escrito durante a noite e a madrugada, como se fosse a sua oferenda à deusa Aurora. Nunca havia amado senão os pais, o tio, a música. E os deuses gostavam disso, ele bem o sabia, mantinha-se-lhes fiel. No fundo, sempre soube que a sua evocação de Deus não passava de um hábito e, por outro lado, também algum medo de Ele o poder castigar, caso verdadeiramente existisse. Nunca senti necessidade de desvendar o mistério das mulheres. Nunca senti senão necessidade de desvendar o ver, o ouvir, e não aquilo que vejo, aquilo que oiço. É sempre o que está antes que verdadeiramente me importa. Se continuo em busca de notas, após a primeira, é somente porque estou convicto de ser este o único modo de compreender o porquê da primeira. Provavelmente não é caminho que leve a essa compreensão, mas também não há outro caminho. E isto faz de mim um amante do antes. A vida é uma entrada fora de tempo, um contratempo ínfimo. Há uma pausa de semifusa e depois a primeira nota somos nós. É essa pausa que sempre me fascinou e que me impele para diante. E se é a música a minha investigação, é porque precisamente ela não trata da realidade, mas da conformidade desta à minha alma. Só a música pode salvar as almas. A música é o pêssego que se ilumina a si próprio no centro do quadro. Quem quer que nos governe expressa a sua palavra por música, e só através desta nos pode escutar. E se escrevia a Deus e não aos deuses, era somente porque pretendia proteger almas de crentes, as almas dos seus, as almas do mundo.

Levantou-se tarde, mas recomposto. Estava um dia feliz de final de inverno. O sol não aquecia tudo, somente as pedras das casas, não os corpos animados. Mas era o suficiente para influenciar de estranheza e alegria uma alma humana renascida da dor. Recordava uma tarde, quando tinha dezanove anos e a música ainda só provocava excitação e pouca responsabilidade. Junto ao Tejo, enquanto caminhava pelo cinzento do dia, viu as velas de uma embarcação, ao longe, incendiarem-se de luz, após as nuvens, tornarem-se um recorte de um imenso azul, céu e mar, como se de repente todos os instrumentos de uma orquestra concordassem em harmonizar-se de modo a se destacarem do mundo. A música originava o dia. Nunca esqueceu esse momento em que pela primeira vez compreendeu que só o imprevisto tem poder de nos devolver a atenção às coisas. E o imprevisto só visita aquele que se debruça continuamente numa ordem superior, numa linguagem com que lutamos e contra a qual lutamos. Mas, agora, o que recordava dessa tarde não era essa sua descoberta, mas antes a disposição com que captava todas as variabilidades do mundo e da linguagem, dos sons. Essa disposição antiga doía-lhe, apesar da doçura do dia e da superficialidade da memória, que se não detinha em nenhuma impressão em particular, antes saltava por inúmeras impressões em busca de um local onde pudesse viver, embora sem o encontrar. Não era verdadeiramente uma dor, porque a similitude das duas tardes, a de agora e a de outrora, lhe concedia uma coragem que identificava com a nova obra que começara a criar. Não havia angústia, apenas imprecisão e vontade de criar, embora a imprecisão fosse recebida de quando em quando com enorme estranheza, provocando assim alguma nostalgia. Um sentimento de falta do que lhe poderia ou não vir a acontecer, um sentimento de falta do futuro.

Quando me sentei ao piano já levava as frases que iria escrever, embora teimasse em escutá-las também fora de mim. Era o início do *Kyrie*. Uma brisa doce, que se tornava rapidamente em convicção, sem que perdesse contudo a doçura. As vozes surgiam amáveis e fortes, inevitáveis e, por isso mesmo, sem qualquer violência, como se enviadas pela própria morte e não uma reverência dos homens a Deus: *Kyrie eleyson*. De facto, este *Senhor, tende piedade de nós* era sentido como se a própria morte estivesse a roer-nos por dentro, como bicho a corromper o pêssego. Aqui, só Deus é espectador desta nossa natureza morta. Só Ele poderia verdadeiramente compreender o que um outro-Ele mesmo havia criado. Só Ele poderia compreender as vozes que, em repouso sobre a mesa e devastadas de pó, lhe atirávamos: *tende piedade de nós.*

Levou uma semana, quase sem descansar, a escrever este *Kyrie*. Nos três dias seguintes reviu tudo o que havia escrito. Não estava esgotado, sentia-se forte como nunca, invencível. Se continuasse por mais um dia ou dois, estaria capaz de desafiar o tempo. Mas os dias seguintes foram difíceis. Ainda não conseguira habituar-se à ressaca do acto criativo. É como se depois de termos estado num mundo privilegiado, de repente, regressássemos à nossa condição de sempre. E se digo de sempre é porque é desse modo que então me sinto: condenado a ver tudo o que escrevi enquanto total perda de tempo, da vida. Não só porque julgo mau aquilo que escrevi, mas principalmente porque vejo qualquer acto de criação enquanto completo desacerto em relação ao mundo. São momentos de angústia. Eu entregue à totalidade de uma finitude que me comprime até quase à imobilidade, ao repouso sobre uma mesa aguardando apenas a corrupção. Necessariamente, esta falta de tempo que somos origina a exiguidade. O mundo transforma-se nos dois metros quadrados da cama. Nada nos salva senão deixarmos que este tempo venenoso se queime por si próprio. Por conseguinte, a vida de João era agora esperar por si. Sentia-me a verdadeira natureza morta que quando escrevia acerca dela não era. Na cama, João sentia-se um autêntico fruto sobre a mesa, indefeso perante o tempo que célere o apodreceria. Não obstante, perscrutava atentamente os sons que lhe invadiam esta sua condição, de modo a vir mais tarde exercer o poder de resgate que a memória lhe concedia. A angústia não é uma pausa, silêncio na existência, mas antes uma raiva que se instala contra nós mesmos. Escutava então uma voz forte decidida, um *allegro con fueco*, algo que pudesse arruinar o mundo, a partir de mim mesmo. A partir desta fraqueza, desta exiguidade inultrapassável.

Um mês depois, o sofrimento passado origi-
nou o *Dies Irae*. Humilhava-se a experiência do
nada por que se tinha passado. Lá fora, conti-
nuava-se a conspirar contra Beresford, contra o
estado de coisas. As reuniões secretas prosseguiam, os interesses que arrastam os homens
para a perfídia, as traições próprias de quem não
pode outra coisa, as vinganças que revelam a
natureza perdida de quem as comete, o desinteresse pela arte, o desinteresse pela elevação do
homem, que mostra bem o quanto esta não
pode nunca vir a suceder. João Domingos Bomtempo, um nome só a lutar não contra tudo
isto, mas a favor de tudo isto. Bem poderia agora
dizer que compunha para mostrar a corrupção
dos corações. O mundo explodia, eu registava
essa explosão. Mais do que um castigo de Deus,
este *Dia da Ira* era efectivamente a revelação do
fracasso dos homens. Mas João preferia ainda

pensar que o fracasso era o verdadeiro castigo, e compunha em conformidade a esta convicção. Compunha em conformidade à cidade de Lisboa, ao reino de D. João VI, à Europa contemporânea. Perante a inconciliabilidade das diversas almas, perante o facto da existência de uma cidade havia apenas que responder com o desprezo. A ausência absoluta de interesse pela habitabilidade, pela comunhão. Em verdade, esta comunhão não existe sequer. Era uma ideia que alguns poucos carregavam, sabe-se lá em que parte do corpo ou do espírito, e que os muitos transformavam ou desejavam transformar em utilidade. Este *Dies Irae*, contudo, atingia a sua máxima expressividade no *moderato espressivo assai* de *Lacrymosa*. João levou um mês inteiro a chegar aqui, à voz que consciencializa o que lhe está precisamente a acontecer. Finalmente o homem reconhecia a sua miséria, a dependência para o que continuamente lhe escapa. A morte aparece-nos diante dos olhos enquanto triunfo de Deus, o triunfo do espectador perante esta nossa natureza morta.

Após concluir o *Dies irae*, com *Dona eis requiem*, respeitando assim na íntegra esta mesma parte do *Requiem* de Mozart, João caiu num estado de aparente neutralidade. Não conseguia continuar de imediato a escrever, mas também não sofria qualquer ressaca ou ansiedade por não prosseguir a sua obra. Sentia-me reconfortado pelo que havia conseguido escrever nos últimos dois meses. Efectivamente, esta poderia vir a ser a obra que sempre ambicionei. Pediu que lhe preparassem para o jantar perdiz com castanhas, para ele e para o seu amigo Francisco. Precisava de uma boa refeição com alguém a quem pudesse falar daquilo que estava escrevendo. Esta é uma etapa decisiva na criação da sua obra. O momento em que confrontava as suas ideias com uma outra vontade, precisamente quando ainda poderia alterar o que quer que fosse. Era uma espécie de exame às suas próprias convicções e intuições. Se resistissem à contrariedade, à incompreensão ou até a uma provável proposta de alteração por parte de outra alma, reconhecia com maior precisão o caminho que percorria. Poderia até, sem que o outro se apercebesse, inclinar-se para outra direcção, de modo a proceder a uma maior conformidade à minha própria alma. O amigo, independentemente do que lhe dissesse, levá-lo-ia sempre cada vez mais a si próprio. A perdiz estava óptima, e bem acompanhada por um vinho tinto velho da bairrada, ainda bastante encorpado e que já rareava devido às medidas tomadas no século passado pelo Marquês de Pombal, de modo a proteger a qualidade do vinho do Porto. Grande apreciador da boa mesa, tal como João, Francisco não se poupou a elogios. O prazer ganhava a sua máxima realidade através da capacidade de compreensão mútua dos dois homens acerca da degustação do confronto entre o vinho e a carne, e com uma muito boa e acrescida provocação levada a cabo pelas batatas novas assadas e as castanhas já adocicadas pelos meses após a sua apanha. Apesar de tudo, e como deveria ser, o velho bairrada reinava. À mesa, um homem pode revelar uma paixão pela vida que, nos seus pensamentos e na sua lucidez acerca da miséria do mundo, não tem. Por razões diferentes, era este o caso de João e Francisco, como se a natureza os tentasse ainda para uma sabedoria contrária às suas convicções. Mas, contrariamente à paixão por uma mulher, que pode destruir por completo a lucidez de um homem, a paixão pela harmonia dos vinhos e das comidas não destruía nada, apenas punha numa permanente tensão os pensamentos e a realidade do gosto. Embora numa noite de inverno do ano passado, em Inglaterra, ao beber um excelso Porto Vintage, João tenha chegado a produzir um outro discurso, julgando o vinho com o mesmo poder destrutivo de uma mulher: perante a beleza nenhuma ideia resiste. Mas, de um modo geral, a apreciação do vinho é mais intelectual, diminuindo assim a efectividade do perigo.

João acordou hoje um pouco mais tarde do que o habitual. Um sonho pô-lo indisposto o resto do dia. No seu primeiro ano em Paris, aos vinte e seis anos, João conheceu uma mulher que muito o interessou, embora evidentemente não fosse paixão, e era essa mesma mulher que se insurgira nos seus sonhos, lembrando-lhe agora em vigília, uma vez mais, que a variabilidade dos humores pode depender de coisas longínquas, até inexistentes, como era o caso, já que a vivência do sonho contrariava a vivência real, embora a mulher existisse de facto. Sempre que se encontrava embrenhado numa nova obra, e apenas quando a sua realização já se não encontrava ameaçada, vinha aquela mulher atormentá-lo através daquilo que não podia controlar na sua vida: os sonhos. Precisamente quando se sentia mais poderoso do que nunca, chegava-me pelo sono a vulnerabilidade. E, onde quer que aquela mulher estivesse, nada sabia de mim e a sua vida passava totalmente sem pôr sequer a possibilidade da minha existência. Nunca compreendi o que quereria dizer-me a mim mesmo com a repetibilidade deste sonho. Nem sequer a sua importância na economia da minha criatividade. E a sistematização do acontecimento impedia que pensasse em acaso. Por vezes pensava se ela não seria, para mim, aquilo a que os poetas chamam ancestralmente musa. Efectivamente, musa poderá muito bem ser uma mulher incontrolável e inexistente aqui e agora, longínqua. E talvez criar não seja senão a tentativa de encurtar essa distância, de estar face a face com a origem. Mas, então, a acontecer, também prova-

velmente a criação seria de imediato inter-
rompida. Aquilo que sabia é que hoje, fizesse o
que fizesse, aquela mulher não lhe sairia da
cabeça. O melhor é sair já de casa, procurar
refúgio entre a vida das outras pessoas. Porque
por vezes isto quase se não aguenta. Não é amor
nem sequer a falta dele, é a possibilidade falha-
da. Querer também ser aquilo que se não é, e
sem deixar de ser o que se é.

Na rua não pôde deixar de reparar na agitação, no medo que perpassava pelos gestos des-
confiados das pessoas, como se de repente a
morte os pudesse atingir, vinda de qualquer
lado, inesperadamente. Na casa de pasto ao fim
das escadas do Rossio, polícias entravam e
saíam e os civis que se aproximavam hesitavam
entre a curiosidade e o temor. Havia pessoas a
serem levadas para dentro de uma carruagem
por entre gritos que procuravam assim inverter
a situação, anunciando uma inocência que se
não chegava a perceber qual. Um homem tinha
o rosto coberto de sangue e mal se aguentava de
pé, e três polícias junto a ele continuaram
a bater-lhe até que por fim sucumbiu. Um ou-

tro, com uma cadeira na mão e impropérios mantinha ainda os polícias afastados, mas foi por pouco tempo, alguém o atingiu com um tiro numa perna e o pobre contorcia-se agora no chão com dores. Foi tudo demasiado rápido para parecer verdade ou, pelo contrário, a verdade é precisamente assim, rápida e difícil de aceitar. João estava atónito, procurava qualquer coisa que o reintroduzisse no mundo. Parece que a noite passada tentaram matar o Marechal, sussurrava alguém junto a João, queriam incendiar o Paço e tudo. De facto, Francisco havia-lhe dito que corriam uns rumores de conspiração. Mas a primeira coisa em que pensou foi se estes acontecimentos não iriam prejudicar a composição do seu *Requiem*. Depois comprendeu que, pelo contrário, era como se o mundo concordasse com aquilo que estava a escrever. Mais: como se o mundo precisasse mais do que nunca do que estou a escrever. A polícia, ao ordenar aos civis que se afastassem daqui, interrompeu-me os pensamentos. Dirigi-me a casa do Francisco, para saber com mais precisão o que se estava a passar. Ele já deveria certamente saber de tudo.

Paradoxalmente, nos dias em que se erige uma obra sentimos simultaneamente que dominamos por completo o nosso destino e que não podemos fazer senão o que estamos a fazer como se algo ou alguém nos comandasse. Mas seja como for é irrelevante. O que verdadeiramente importa é a miséria que entra pelo corpo dentro, que nos atravessa, que nos derrota mesmo na realização de uma obra. As intempéries que assolam a solidão de uma vida. Nada nos pertence, nem os sons, apenas a vontade de sermos o que não somos. As palavras de Francisco, esta manhã prenderam o general Gomes Freire, não causavam a indignação que poderia pensar se conjecturasse antes essa possibilidade. Se, ao invés, tivesse dito que ia para Londres, não se produziria no meu espírito reacção muito dissemelhante. Não é que João não estivesse preocupado com o decorrer dos acontecimentos, só que já se habituara a perder pessoas, a saber que não podemos contar que elas permaneçam conformes à nossa vontade. Aquele senhor simpático que havia conhecido há dois anos em Paris, e que reencontrara há dois ou três meses atrás casualmente em Lisboa, já entregue à sua reforma e a alguns delírios, à miséria reforçada da velhice ou do início dela, não lhe causava propriamente indiferença. Mas é assim. Vive-se para pouco mais do que amargar e é com isto que temos de viver. Francisco estava consternado, talvez porque também compreendia melhor o infortúnio do general através da aproximação das suas idades. Realmente, um homem que combatera toda a sua vida, pela Europa fora, que havia enfrentado por várias vezes a morte, a prisão, o desamparo, a fome, o frio, que sempre se mantivera soldado contra todas as adversidades, que nunca pronunciou a palavra deserção senão para castigar quem abandonava o lugar que deveria ocupar, era um triste fim acabar nas cadeias de Lisboa por conspiração, humedecendo os ossos até ao desespero e desprotegido contra a crueldade de uma memória. Mas é assim. Somos pêssegos sobre a mesa à espera do fim, que havemos de fazer. Foi mais ou menos isto que devo ter dito ao Francisco. E o que se diz também não serve de nada, é claro. Evidentemente, ninguém de bom senso poderia pensar que o general tivesse alguma coisa a ver com a conspiração. O homem já não vivia completamente neste mundo. Dava dinheiro a quem o pedia, dava tudo. E se tinha planos para alguma coisa, eram tão pouco exequíveis que ninguém poderia levar isso a sério. Mas, enfim, a maldade dos homens pode muito e a vingança é uma bicha solitária que corrói precocemente muitas vidas. Quantos não vivem só para alimentá-la! A tristeza, esse cão abandonado pelo dono, acompanha-nos sempre. É mesmo o que nos enforma. O corpo não passa de uma massa de tristeza. Pobre Gomes Freire, entregue ao abandono; pobre Francisco, entregue a um futuro indigente; pobre de mim, entregue à lucidez; pobre do mundo, entregue a si próprio. Havemos todos de morrer vivos.

Ao regressar a casa, para o piano, João não tinha quaisquer dúvidas de que gostava cada vez menos de si próprio. O calor da tarde de primavera alagava a sala de luz para um homem só. Os pais, o tio cintilavam de novo uma ausência irremediável. Abandonado à luz e à música sentia de novo a sua vida reduzida ao *Requiem* que compunha. Lembrou a mulher longínqua dos sonhos, a ferocidade dos homens, a injustiça e a ingenuidade cravadas no coração de Gomes Freire, a aridez musical de Lisboa. Nenhuma vida guarda em si algo de verdadeiro. Há apenas enganos mais ou menos dissonantes, intervalos maiores ou menores numa escala de poucas notas. O *Dies irae* rasgava-me por dentro: *Quid sum miser tunc dicturus? Quem patronum rogatarus, cum vix justus sit securus?* Sim, que posso eu dizer, que posso esperar, miserável ente? Quem pode interceder por mim, quando o próprio justo queda na inquietação? Não procurei Deus, mas a música. Não agi no mundo, mas sobre ele. E nem sequer sei porque é que os sons me visitam, compreendo-os apenas, sou músico. Quem poderá então interceder por mim? Que posso esperar senão a miséria eterna, um coração humano, um ouvido que me entenda, a instabilidade infinita? E terá esta vida valido a pena se não alcançar a plenitude de Bach, de Mozart? E, ainda que a alcance, valerá mesmo assim a pena? Haverá algum obscuro lugar onde o belo seja equivalente ao bem? E em que parte do coração humano acontecerá essa equivalência? Existirá mesmo essa porção de coração? Que palavra, que som, que gesto vale uma vida humana? E o que é verdadeiramente isto, uma vida humana? Que podemos fazer para afastar ou diminuir a miséria? Tantas vezes tenho feito as malas e partido. Nenhum lugar me resguardou da angústia, da dúvida, da precoce presença da morte. O apaziguamento terá de ser tão evidente quanto Deus. Esta nossa natureza morta arrasta-se com gestos de desespero, completamente imóvel no seu destino. Mesmo agora assisto a um espectáculo cruel, lá fora, em baixo na rua.

João regressava à consciência do seu abandono. Está de novo entregue à espera, prostrado num futuro exíguo. Nem ao piano o tempo avança. As notas, embora tocadas de modo idêntico aos dias anteriores, soam pusilânimes, indigentes de ilusão. Evito aproximar-me da janela, da fome, este escândalo da compaixão. Hoje ouvem-se mais gritos do que o costume e o piano não pode fazer nada. Sente a cabeça rebentar. Chora com todo o corpo, revolve-se na cama. Talvez o mundo melhorasse se assistisse à sua dor. Mas o infortúnio alheio não tem poder de redenção de coisa alguma. Se assim fosse, bastaria olharmo-nos uns aos outros. A mulher longínqua regressa, agora já lhe chega de dia, durante a vigília. Sinto-me impotente para a afastar. Todas as decisões tomadas até aqui doem-me cada vez mais. Essa mulher, na minha memória, usa a mesma estratégia com que vencemos o exército de Massena, da terra queimada. Quando aparece destrói tudo quanto pode, depois recua, afasta-se até novo confronto. Assim, a memória de João torna-se infértil, incapaz de produzir enganos, de olhar para trás com a experiência do futuro desconhecido desse momento rememorado. Não tem verdadeiras recordações, vive tudo o que lhe assalta a memória como se fosse o momento presente, mas um presente isolado, sem futuro, sem passado, uma prisão de factos irresolúveis. Aquela mulher está ali, frente a ele, mas ele não a tem. Mas também não tem sequer a alternativa que, no passado, venceu face à possibilidade de vir a tê-la. Está encarcerado num *não* infinito, incontestável, irreversível. Não sou uma memória, mas uma contínua pedra arremessada contra mim. Não pode amar nem ver a música que traz dentro de si. Não pode morrer sequer, embora viva continuamente a experiência limite da sua própria morte. Como uma sombra, ele é a ausência de si próprio. Não é um homem, apenas um só momento dele no tempo. Foram semanas neste inferno.

Quando se levantou os sons regressaram, assim, sem mais. Em dois dias escreveu a primeira parte do *Offertorium*: *Domine Jesu Christe, Rex gloriae, libera animas omnium fidelium defunctorum de poenis inferni et de profundo lacu...* Senhor, Jesus Cristo, Rei da glória, resguarde das dores do inferno e do abismo sem fundo as almas de todos os fiéis já mortos. A música era de uma beleza constrangedora, doce e grave, como o anjo que nos há-de vir buscar, que nos há-de levar para o infinito pó, para o definitivo *não*. E surgia-lhe numa tonalidade jamais usada em música coral-sinfónica: sol bemol maior. Aquilo que parecia ir contrariar toda a estrutura do *Requiem,* em dó menor, acabava por assumir-se precisamente enquanto coração da obra: forte, invulgar mas generoso devido à incontestável genialidade do ritmo e da melodia. Transformava a tristeza em algo mais do que alegria, em belo. Se este último pertence à arte, a alegria pertence à vida. E, novamente, sentia a arte acima da própria vida. Mais: só esta poderia sustentar a vida, dar-lhe sentido. Não consigo a alegria, é certo, mas transformo essa ausência numa presença infinita, assustadora de belo e de inalcançável. Hei--de encarcerar a minha própria miséria numa frase infinita. Não obstante, a tristeza ao transformar-se em belo concedia alguma alegria. Fugaz, contudo. Apenas o suficiente para se saber o seu sabor.

De modo a poder preservar este seu estado, apareceu ao fim da tarde em casa do seu amigo Francisco. Este tinha a capacidade de dispor o espaço, aquilo que nos envolve, em conformidade comigo mesmo. Só assim era possível compor. O mal é o tempo, a parte interna do mundo, donde pode efectivamente vir a grande arte. Mas, para João, isto só seria possível se tudo o que o envolve estivesse bem. Pois só se pode descrever o que se passa no mundo ou na alma se o mundo ficar suspenso, se por momentos, os da criação, não existir nada mais senão tempo. O infinito a sufocar o finito. Nada mais importa senão a existência e um desprezo imenso por tudo. O homem desesperado de morte a vociferar de inveja contra o Eterno. No fundo, toda a grande obra é um *Requiem,* a angústia do Repouso. Francisco escutava-me com a atenção que podia e as curtas palavras que proferia desenvolviam alhures no meu interior sons desmedidos, armas nesta nossa luta contra o destino, contra o apodrecimento dos pêssegos sobre esta mesa de Deus. Sei agora que o tempo teme a arte, a grande arte que nasce precisamente na escoabilidade dos dias ao longo da consciência, e que, através desta mesma consciência, toda a grande arte se transforma então em natureza morta. Gomes Freire foi condenado à morte por enforcamento, disse-me por fim Francisco, neste país já se faz de tudo, já mandam matar homens através da justiça, por caprichos de gente mesquinha. Sim, porque ninguém tinha dúvidas que a sentença só poderia ter sido encomendada por algum verme, talvez por algum rancor passado. Francisco soube por fontes seguras que alguém influente sublinhou rigorosamente a captura de

Gomes Freire. Mas isso também não é assim tão importante. Se não fosse esse verme seria outro, e se não fosse ao general seria também a um outro qualquer. Aliás, é o que está sempre a acontecer, nem sei como é que pessoas inteligentes ainda ficam indignadas perante o contínuo desamparo da nossa natureza humana. O que há a fazer, Francisco, é o desprezo. Viver lúcido, ainda que seja à revelia de todos. Ter apenas a morte e a música diante dos olhos enquanto única certeza. Só a partir daqui se pode começar a entender o que quer que seja. Antes de regressar a casa, ainda acompanhei Francisco num excelente Porto tawny.

A caminho de casa não pode deixar de pensar que, perante a estética, facilmente o sentido ético recua. Ainda que possamos saber que a nossa vida pode correr muito pior do que corre, sofrer-se mais do que se sofre, perante um momento de prazer esquecemos toda e qualquer possibilidade de desventura. Que importa o desamparo do general, a quem desejamos bem, perante um vinho excelente que se nos impõe beber? Que importa, até, a morte de um amigo perante uma obra eterna erigida por estas mãos? Que importa o que quer que seja que aconteça no mundo perante um amor vivido com intensidade, como o Nunes proclamava na reunião em casa de Francisco? Não é que não queiramos o bem, o que não podemos é sair de nós mesmos. Não podemos sentir o mal dos outros, apenas pensar nele e sentir piedade, que outra coisa mais não é senão pensar. Pensar que não seria bom se nos acontecesse. Mas não podemos viver em conformidade a isto. Pensa-se e pronto! Viver, vive-se connosco. Com as nossas dores, as nossas desilusões e todo o mesquinho que nos habita. Pensa-se a grandeza, a elevação, e vive-se o que somos, esta exiguidade incapaz de ser um outro. E ainda que se viva uma vida de miséria profunda, se por acaso a desventura terminar, voltaremos a maldizer a nova vida, porque o passado não nos morde com a profundidade do presente. Num corpo, o bem rui naturalmente. E, se encetarmos estratégias de esquecimento dele, talvez também nos esqueçamos da nossa humanidade. Regressar a casa, seja de onde for, por menor que seja a viagem, depõe-me sempre numa angústia intolerável. Em rigor, sinto que caminho para a minha própria morte.

Já era Junho, uma semana inteira havia passado por mim sem que o *Requiem* avançasse. Mas estranhamente não sentia qualquer incómodo ou aborrecimento, como se aquela espera fizesse parte da própria obra, e não fosse uma qualquer interrupção, que era sempre sentida com a agonia da possibilidade de ser não uma pausa, mas o próprio fim, a ruína da obra. João sabia de antemão que faltavam três partes ao *Offertorium*: a *sed signifer*, a *hostias* e a *quam olim*; e que não pretendia exceder trezentos compassos. Também sabia mais ou menos as frases que constituiriam essas mesmas partes, e que seriam mantidas na tonalidade de sol bemol maior, tal como a primeira parte que já havia escrito. E essa antecipação, ainda que em potência, ou principalmente por estar somente em potência, abria-lhe um horizonte de serenidade e certeza inexpedíveis quanto ao prosseguimento do *Requiem*. Acaso isto não estivesse a acontecer, muito diferente seria o seu estado de ânimo. Mas as frases apareciam e desapareciam com alguma lentidão e independência sobre a estrutura oscilante que previra. E, por vezes, as frases até iam mais longe, adiantavam--se para além da estrutura do *Offertorium* e invadiam o que ainda faltava ao *Requiem*, o que não havia sequer pensado — exceptuando um esboço da parte final, claro. Sem dúvida, mais importante do que as frases que iam e vinham, era saber antecipadamente o que queria, ainda que não estivesse de todo constituído. Assim, deixava-me estar neste aparente ócio, permitindo que as frases me impregnassem do seu próprio sentido, como se estivesse escolhendo roupa para uma ocasião já predeterminada — em que se sabe aquilo que se deve vestir e, principalmente, aquilo que se não deve. Esta é uma etapa fundamental na realização da obra, tal como as violentas ressacas anteriores, mas, ao contrário destas, agradável.

A manhã estava cinzenta e havia um silêncio mórbido que se instalava junto à alma do compositor. Em frente ao retrato dos pais, o pânico aconteceu. A morte e o horror de estar vivo. De novo, a inutilidade da música. Debruçou-se na janela tentando encontrar a respiração. Esqueceu-se por completo dos movimentos necessários a fazer para a entrada e a saída do ar, mas não havia esquecido a necessidade de fazê-los. Pelo contrário, a perda da capacidade de respirar intensificara a consciência da imprescindibilidade do acto. De tal modo, que não conseguia pensar em outra coisa. Julgo ter desmaiado pouco depois, mas não estou completamente certo disso. Houve uma interrupção na consciência e, de repente, estava já mais calmo. Tinha de conseguir concentrar a sua atenção em alguma coisa que permitisse neutralidade emocional. Ficar face ao mundo de um modo semelhante àquele com que usualmente estamos face ao acto de respirar. Literalmente, para sobreviver tinha de conseguir primeiro estar no mundo como se estivesse em um outro lugar qualquer, estar no mundo sem dar por ele. Tinha de estar no mundo como se já estivesse morto, só assim poderia efectivamente sobreviver. Começou a sorrir perante a evidência da frase do filósofo Descartes: *cogito ergo sum.* De facto, primeiro tenho de pensar, para depois então poder existir. Estes pensamentos salvaram-lhe a vida. Nada

como o abstracto para nos devolver a inata conformidade ao mundo. Mas esse abstracto tinha
necessariamente de ser acompanhado de superficialidade, para poder surtir o efeito pretendido.
Caso contrário, os pensamentos conduzir-me-
-iam a um desespero irremediável. Já mais calmo, sentado ao piano, pensou no seu amigo Silvestre e no estímulo que sempre lhe deu na
leitura dos filósofos. Provavelmente sem isso
estaria agora morto. Voltou a sorrir. A vida do
músico acabara de ser salva pela filosofia. São
dez horas, o sol hoje já não deve vir.

Os meses de Junho e Julho passaram sem
Requiem, mas também sem quaisquer preocupações ou desordens interiores. Tocou todos
os dias oito horas de piano, viveu apenas
segundo a técnica, viveu para o aperfeiçoamento do estilo. Nestes dias de sonatas, voltei a
sentir a leveza e a disciplina de uma vida de
instrumentista. Houve ainda disponibilidade
para pôr a atrasada correspondência em dia.
Foram dias que poderiam muito bem não ter
existido, pois nada havia que os diferenciasse
uns dos outros. Por isso não pode espantar a

resposta que deu ao Francisco quando este lhe perguntou o que andara a fazer estes dois meses: anteontem toquei piano e ontem escrevi algumas cartas. Não eram os sofríveis dias de espera ou os da euforia criativa, eram os dias em que nem nos lembramos que existimos; sem dor, sem alegria, sem paz, sem tormentos, sem consciência de si próprio. Esta ausência de consciência é precisamente o que distingue estes dias dos dias de tédio. E o convívio com Francisco era perigoso. Porque, através da importância que ele atribui à música, eu poderia ser levado a julgar que ela é efectivamente importante para o mundo, quando não é, e deste modo poderia instalar-se de novo o sofrimento ou a esperança. João reconhecia não dever estar com uma pessoa que lhe devolvia a consciência e, com esta, os demónios da composição e da existência. Neste momento, sabia que não podia entregar-se nem à arte nem à vida, apenas à técnica. Só esta lhe garantia a neutralidade que necessitava. Temia que acontecesse de novo esquecer-me de como respirar. Inconscientemente, tinha sido isto que o havia afastado da casa de Francisco, e agora as palavras deste tornaram-me tudo claro:

tens de continuar a trabalhar esse *Requiem*, homem! Queria precisamente esquecer o *Requiem*, queria voltar a ser aquele que sempre fora até este maldito regresso a Portugal: o pianista, o compositor de sonatas. Queria voltar a ser o homem antes da morte do tio, que lhe trouxe de novo a morte dos pais e a sua própria morte.

Amanhecia com uma tristeza ligeira ao longo dos olhos. A janela não traz coisas boas e o piano é um pobre animal à espera de mãos, de uma atenção qualquer, cuidados que não há. O piano é o homem junto a uma parede, cansado, usado, triste na sua confinada madeira. Necessita tanto de uma emoção vinda de fora, de um entusiasmo que não tem. Necessitar é o verbo que o enforma. Eu piano necessito de, ouve-se por toda a casa. Eu piano necessito de, alaga por toda a alma. Eu piano necessito de, toca o homem. Eu piano necessito de, escreve o espírito. Nada cresce senão o calor e as horas do dia. Mas crescem até quando? Nada morre senão o homem, mas morre até quando? Tanto nada, mas até quando? E a mulher regressa, o tormento desalinha os cabelos. A mulher que não existe senão no coração do passado, no coração da memória, no coração de talvez não ter sido nada disso. A mulher no coração da dúvida, o piano no coração do dia, o homem no coração da escrita. O mundo o coração de tudo.

A tristeza suave, que tudo permite, acabou por lançar-me na euforia, de novo no *Requiem* que temi me lançasse contra mim. Mas era já inevitável, o *Offertorium* voltava, sabe-se lá de onde, e não permitia sequer que João tivesse a alternativa de adiar a sua escrita. Já, diziam as frases que o atravessavam, já. Sou novamente escravo de criar, de novo um nada de vontade. E a razão é tão vagarosa que atrapalha o voo das frases, que assim não podem outra coisa senão deixá-la ficar para trás. Homem instrumento do belo, João quedava-se mudo a ouvir o que dentro dele se passava. Por vezes, julgo que não compreendo mesmo nada e, no entanto, sei que sei tudo. E sinto um desamparo tangível, como se uma ausência demasiado concreta o envol-vesse por completo, eu eu-mesmo que me não tinha. Como se algum sentimento, alguma vivência já esquecida aparecesse agora e lhe roubasse a sua própria alma, o seu próprio ser, a sua própria vida, João entregava-se em desespero ao desconhecido de si próprio, enraizado numa evidência, e escrevia tentando recuperar a inocência do vazio, o som originário da sua própria essência. No fundo, tratava-se de um combate mortal entre um agora gigantesco e um passado quase rarefeito. Este David acaba sempre por derrotar Golias. Mas, antes de cair, Golias vai erigindo frases que constituirão uma obra testemunho da invencibilidade do já vivido face aos actos. Se, aqui, Golias parece ser o herói, o bom, aquele que gostaríamos que vencesse, contrariamente à narrativa bíblica, devemos também ter presente que isto não é inteiramente certo. Perguntemos a nós mesmos, do seguinte modo: preferiríamos que vencesse a arte ou a vida?

Queria muito acreditar no homem mas, insensatez por insensatez, Deus parece-me mais coerente. São sem dúvida palavras oriundas do estado em que se encontra, da sua escravidão, palavras da arte, não daquilo que usualmente é. Dias em que o nada é o único amigo que temos. Dias em que, contrariamente ao valor ético da alegria, nos resta somente o valor estético da tristeza. A existência é um erro inevitável.

Novamente Novembro, novamente as terras frias do Minho. A dezoito de Outubro, se havia alguma réstea de esperança neste país ou no próprio homem, desfez-se por completo. O general Gomes Freire de Andrade foi enforcado na esplanada do Forte de São Julião da Barra. Na semana seguinte, João partiu em direcção ao Mosteiro de Bouro, embora tenha ficado hospedado em Braga. O *Requiem* não avançava e o interesse pela *Obra de primeiro tom sobre a Salve Regina* de Pedro de Araújo crescia desmesuradamente. Senti a necessidade de tocar essa composição não só num órgão, mas nos órgãos em que o autor havia tocado. Passou-se um ano e passou-se uma vida. Era um outro homem que aqui chegava, já não para o seu aniversário, já não para o seu tio, mas para o completo abandono da sua vida à arte. Meu tio foi sempre o elo que me prendeu à vida, à esperança, a um sentido ético que me defendia da escravidão ao sentido estético. Até aqui a música fora uma esperança, agora era a exacta medida do desespero. E, no entanto, o *Requiem* poderia muito bem parecer o contrário. Mas não, o Repouso que se pedia a Deus que concedesse aos que já haviam partido era também a exacta medida do desamparo que haviam sofrido nesta vida, se Deus cuidasse efectivamente das almas. E o que era a miséria senão não mentir a si próprio acerca de si próprio e acerca do mundo, uma lealdade à verdade que era também já uma linguagem, qualquer que ela fosse: a única e esplendorosa grandiosidade da existência. Por isso, João não podia deixar agora de defender a arte contra a própria vida. O *Requiem*, o completo desamparo, os pêssegos sobre a mesa à espera da corrupção seriam o seu esplendor. Alhures na alma humana o desamparo subia à consciência e, já tornado miséria por esta última, 'transformava-se depois numa força prodigiosa que enfrentava a Natureza e o Tempo.

Foi assim que, nos órgãos da Sé de Braga, construídos há quase cem anos pelo frade franciscano da província de Santiago de Compostela, Simón Fontanes, e pelo mestre entalhador e arquitecto lisboeta, residente na cidade do Porto, Miguel Francisco da Silva, João compreendeu de uma vez por todas que a vida só vale na exacta medida em que é regida por uma linguagem, por um discurso que a sustenha. Repetia constantemente, como se se defendesse contra o frio da noite, que a música é mais importante do que a própria vida. Não é que a vida valha pelo que dela fazemos ou pelo que nela fazemos, a vida vale pelo que não deixamos que ela nos faça. A vida de um homem vale tanto mais quanto mais ele conseguiu contrariar a própria vida, contrariar com uma linguagem a liberdade da alma e o destino da carne. Uma única obra, pequena — cento e dezanove compassos — revolveu-lhe por completo tudo aquilo em que acreditava ou julgava acreditar. De repente, começou a escutar a verdadeira voz da música, a verdadeira voz da criação, e não se cansava de tocar esses compassos de Araújo. Para além da própria música, os compassos diziam: a liberdade do bem não compreende o sentido da criação, o sentido da vida. Sim, porque a vida humana só existe enquanto se nega

115

a si própria através da linguagem. O sentido da vida é destruir-se a si própria antes do fim, antes de ser dominada pela Natureza e pelo Tempo; uma luta de morte contra a sua liberdade. Por esses dias, a música tornou-se um sorriso enorme. Não era felicidade, era a miséria apaziguada. Apaziguada no esplendor da escravidão estética. Até aqui sempre compusera com demasiada consciência, demasiado domínio sobre a linguagem. Compusera com conhecimento e liberdade, a analisar e a decidir. Nunca soube o que era estar deitado, exausto na cama e ser obrigado a levantar-se para escrever; chorar de dor e cansaço e pedir que parasse, fosse o que fosse que estivesse dentro dele, parasse, lhe desse descanso e, no entanto, acaso o descanso por fim acontecesse, ao fim de uma hora, talvez duas, ali estava de novo desesperado à secretária a escrever. Sim, compreendeu que antes do *Requiem* nunca soube o que era isso. E se muito sofria naquelas horas de imposição criativa, também sabia que já não mais poderia passar sem esse sofrimento; desejava-o como um fraco deseja a vida. As minhas sonatas, tudo o que até agora escrevi não passam de exercícios, de coisas bem feitas. Na política, os homens clamam por liberdade, clamam por si próprios, como se se desconhecessem ou desconhecendo-se mesmo. Eu, assumindo por inteiro a minha humanidade, clamo somente pela doce escravidão. Porque não se pode compor verdadeiramente senão para além de si próprio, para além do que se sabe, para além do que se quer. Temos de abandonar a identidade, a liberdade e a vontade. O Bouro e Braga estavam a fazer-lhe melhor do que Paris, melhor do que Londres. Por fim, escutou-se o acorde final em ré maior, de Pedro de Araújo, e enquanto sustentava o som desse último compasso decidiu ir deitar-se, sentia-se exangue, já não conseguia concentrar-me naquilo que estava a tocar.

Passou o Inverno entre a Sé de Braga e o Mosteiro de Bouro, por entre chuva e peças de Pedro de Araújo. E, principalmente, até à exaustão os cento e dezanove compassos da *Obra de primeiro tom sobre a Salve Regina*. Não espanta então que tenha sido ao órgão do Mosteiro que iniciou a última parte do seu *Requiem, Agnus Dei*, saltando assim por cima de partes que ainda não tinha escrito e que já decidira fazer, *Sanctus* e *Benedictus*. Em *andante sostenuto*, oito compassos quaternários em mi bemol antecipavam a entrada do tenor: *A-gnus* (duas mínimas em si bemol) *De-i*, *qui* (mínima e duas semínimas em lá bemol) *tol-lis pec-* (novamente mínima e duas semínimas, agora, em sol natural) *-ca-ta* (mínima aumentada e semínima em fá natural) *mun-di* (aqui, só meio compasso com duas semínimas em mi bemol). Depois, havia uma pausa de mínima e, no último tempo do compasso, iniciava-se a repetição *pec-* (oitava acima da anterior, onde entravam também as outras vozes, que seguiam) *ca-ta*, *mun-di*, *do-na e-is re-qui-em*. Os primeiros quatro compassos, até à pausa de semínima, são de uma doçura, de uma capacidade de perdoar que só o belo tem. Depois, os compassos imediatamente seguintes assumem uma força breve, mas suficiente para reforçar as palavras *pecata mundi*, como se a beleza se ruborizasse perante os pecados do mundo. Nesse primeiro dia em que o *Requiem* regressou, não avançou muito, apenas o necessário de modo a chegar a ver o futuro desta parte, que será precisamente a última.

De novo a excitação sentida nos seus últimos limites. De novo uma compreensão para além da sua própria humanidade, das suas próprias forças. Lia e escutava Pedro de Araújo como se tivesse sido ele mesmo a compor a composição que o fascinava. Compreendia melhor essa peça do que o seu próprio *Requiem,* já que este estava a ser escrito num estado de afectação em que havia tanto dele quanto de desconhecido, provavelmente até mais deste, enquanto a peça de Araújo era verdadeiramente dele, muito mais dele do que do seu autor. Também um dia o seu *Requiem* haveria de ser por inteiro de um outro compositor. Hoje é a sua vida, o seu mistério, a sua morte, a natureza morta da minha própria existência. Inevitavelmente, nos últimos dias de Março, já concluído *Agnus Dei,* instalou-se a depressão. Uma profunda depressão que o aprisionou à cama e às náuseas, principalmente se por insensatez se esforçava por reler o que havia escrito. Sentia uma enorme vontade de se vomitar a si próprio, à sua própria existência. Nesses dias, pensar em mim era um inferno. E vivia em consciência nesse inferno, exceptuando as horas de sono, que felizmente eram muitas, como se Deus me poupasse de mim. Não comia, não bebia, apodrecia apenas e sem qualquer luz interior. São dores intensas que encontram a sua origem no excesso de expansão levado a cabo pelo espírito nos meses anteriores e só agora sentidas na alma e no corpo. Este último não se move, sequer por um instante, e a alma move-se apenas para buscar dor. Isto não é a morte, tal como o que se diz do inferno, é pior. Sentimos a larva a corroer-nos por dentro, sentimos as dores da carne a rasgar-se pouco a pouco e continuamente, sentimos o cérebro a fazer de nós um demente. Todas as mortes, todos os seus mortos se reuniam à volta da cama e culpavam-me. Mas o maior pânico, o terror era sem dúvida a consciência de si, a consciência do seu nada, e a larva por dentro, que, depois de se alimentar no interior do nada que sou, abriria as asas e aterrorizaria o mundo. Seria ainda responsável por mais essa culpa. A culpa não vinha apenas do passado, chegavam agora também culpas do futuro, culpas ainda sem rosto definido, que outra coisa mais não é do que a essência da culpa. Pensava no seu *Requiem* e a cabeça explodia, as lágrimas escorriam-lhe secas pelo rosto, apertava as fontes, gritava, gritava sem som. Era um ser de dor e culpa, e a puta da larva. Quando o quadro de Chardin lhe começou a aparecer em sonhos, começou também o seu medo de adormecer. Já nem em inconsciência estava a salvo. Os pesadelos corroíam-me tanto quanto a larva do dia. Não tive outro remédio senão embebedar-me, continuamente, com a aguardente do Minho. O álcool mantinha-me de algum modo indiferente e permitia também que as poucas horas que então dormia não fossem em sobressalto. Mais tarde, após os dias de sofrimento, reconheceu nunca haver sentido estes ataques tão fortes, as ressacas, como preferia chamar-lhes, e atribuía isto à genialidade do *Requiem*. Havia em si uma guerra pelo sentido da sua própria vida, mas uma guerra à sua revelia: o tempo esforçava-se por aniquilar a minha vida e, igualmente, o *Requiem* esforçava-se por aniquilar o tempo.

A primavera era-me completamente indiferente. Mas, por vezes, um ou outro cheiro trespassava a sua indiferença e magoava-o com a evidência gélida do passado irrecuperável. Um tempo em que, ainda que a larva já o corrompesse, era vivido como se ainda não existisse esse bicho que se alimentava do seu nada. A larva é o coração de tudo. Por sob o rosto mais belo de Paris, há um verme trabalhando sob a ordem do tempo. João decidiu partir para Lisboa e terminar o *Requiem*. Precisava do conforto de sua casa e do desconforto da cidade. Mas, acima de tudo, precisava das conversas com Francisco acerca dos progressos da sua composição.

Maio, Lisboa e a confiança desmesurada na sua euforia. Não conseguia sequer falar consigo próprio. Mais do que eu, havia o mistério em mim. Ao olhar para trás, para a segunda menor, para a morte do tio, para a vida, para a infidelidade da memória, para a natureza morta de Chardin, para a progressiva ruína de Portugal, sentia crescer dentro de si o *Sanctus*, como se fosse esta a parte do *Requiem* em que o homem se redime da culpa de existir. A serenidade de quem aceita aquilo que lhe cabe, após eternas guerras consigo, com os outros, com o mundo. Serenidade que, mais do que qualquer outra coisa, era a certeza de que a vida nunca poderia ter o valor da arte. Pelo contrário, aquela seria sempre súbdita desta. Se no mundo dos homens houve uma revolução francesa que democratizou as relações entre eles, cidadanizando-as, no mundo de cada homem para si próprio jamais se produzirá qualquer espécie de revolução. No mais fundo da existência não há revoluções. Nunca haverá uma revolução que nos liberte da pusilanimidade com que nos enfrentamos a nós mesmos. No âmago da linguagem e dos dias, escuta-se somente o mistério e a beleza. Pois, em verdade, só se sofre de amor e de uma obra por cumprir. Sofremos do amor que não há, que desaparece nos olhos fechados para sempre de uma mãe, e que recusamos aceitar, até porque sempre vamos encontrando pelos dias o rosto do outro e, assim, fazemos do amor a criação de todos; sofremos da beleza que teimamos eternamente em trazer ao mundo, e que não seja suficiente, nem para ele nem para nós. E será para sempre assim, para sempre sem quaisquer revoluções. É esta a exacta medida que nos cabe: a consciência da exiguidade. Sucintamente, é também deste modo que podemos falar de *Sanctus*, no *Requiem* de Bomtempo. A serenidade e a altivez da certeza, que a consciência sempre confere, em tom maior.

Esquecemos melhor a morte quando a inscrevemos numa obra, disse ao Francisco. É esta a razão do *Requiem*, esquecer de uma vez por todas as mortes que tenho carregado até aqui. E sinto que, à medida que se aproxima a conclusão desta missa, vou ficando mais apaziguado, mais sereno, mais confiante. Sofri muito desde que regressei a Portugal, e nestes últimos meses em Braga, após a beleza de *Agnus Dei*, cheguei mesmo a pensar que já não suportaria continuar a viver. Quando olho para trás julgo que, de tudo o que escrevi, só o *Requiem* tem realmente valor. E sabes porquê? Porque não o escrevi sozinho. Escrevi-o com Pedro de Araújo, com a sua *Obra de primeiro tom para a Salve Regina*, com as mortes que teimaram em me não abandonar e, principalmente, com o mistério. Nenhuma obra vale o que quer que seja, se for escrita confinada a uma inteligência, a uma sensibilidade. No fundo, não se pode confinar a arte à técnica, à arrogância do homem. A arte é precisamente o contrário: a superação de qualquer saber fazer. Superação porque se minimiza tudo o que se aprendeu. Supera-se porque se esquece. Esqueci-me de mim, da música e toquei a essência do mistério. Deixei-me tocar por ele, parece-me muito melhor dito, porque ouvi mais do que disse. Estou agora aqui diante de ti, sereno. Porque pela primeira vez derrotei o orgulho, o medo, a vaidade. A melhor das obras deve mais ao que se não sabe do que ao que se sabe. É esta a razão pela qual de ora em diante posso viver. Submeti-me a uma linguagem desconhecida, fui escravo e, muitas vezes sofrendo horrores, rezei para nunca deixar de ser. Enfrentei, até onde pude, a minha própria miséria e a dádiva da grandeza. É pobre, muito pobre aquele que ambiciona apenas ser livre, que esgota as suas forças na prática do poder, de qualquer poder, de qualquer liberdade. A morte é apenas um menino mimado em busca da vontade dos outros. E disso, que nós somos, não devemos ter medo, não devemos fugir nem sequer submeter-nos. Olhemos na sua cara com uma frase doce na mão. Mostremos-lhe que só o mistério possui a nossa alma. Francisco, a morte morre de medo da arte. De regresso a casa, João perguntava a si próprio se o amigo teria compreendido alguma coisa do que lhe havia dito. Perguntava ainda se eu mesmo compreendia.

Na semana seguinte deu o *Requiem* por concluído. Escreveu a parte que faltava, *Benedictus*, de modo a surgir claramente enquanto transição da certeza para o belo, de *Sanctus* para *Agnus Dei*. Tinha dúvidas pontuais, ao longo de quase todo o *Requiem*, mas tinha também a certeza que não passavam de pequenas dúvidas e que em nada afectavam o todo da obra. O que não impedia de ser assaltado por uma dúvida maior: será ou não de uma qualidade superior este *Requiem*, esta natureza morta? Ao olhar agora para Lisboa deposta na noite e no silêncio, interroga-se ainda: procura esta missa também a redenção para a cidade, para a miséria que a envolve, para a cegueira dos seus homens ou, pelo contrário, mostra um claro desprezo por toda a espécie de mesquinhez? Mas de uma coisa estava certo: não me demoraria muito mais em Lisboa. Já havia ficado em Portugal pelo menos mais um ano do que inicialmente pretendia. Já nem sequer sabia muito bem o que o tinha feito regressar. Parecia-lhe tudo tão longínquo, até ele mesmo. Principalmente ele mesmo. Sentia-se cansado, sem forças para sustentar qualquer tipo de ilusão. Quando saiu de

Londres, era evidente que havia um qualquer contratempo no seu interior que o afastava de si próprio. Mas hoje nem sequer isso fazia já sentido algum. Como um guerreiro que regressa a casa, depois de ter vencido várias vezes a morte, João não encontra coragem para enfrentar a paz dos dias. Não é difícil sair ileso de uma experiência limite, difícil é depois continuar. Com a manhã, compreendo que a morte ainda só agora começa. Pois, com o fim do *Requiem*, fico indefeso perante os seus sórdidos ataques. Os próximos dias, essa temível clareira, luz no sorriso dos inimigos. Sem a arte, o tempo e a morte aproveitar-se-iam para humilhá-lo, para mostrar o quanto um homem não vale uma corda afinada, não vale nada.

Sozinho no mundo, toda a responsabilidade caía sobre si próprio. E, como a sua fé era equívoca, sofria ainda mais esse acréscimo. Pensava em João Bernardo, em Muzio Clementi, nos amigos de Paris, em Francisco. Tentava encontrar uma alegria, ainda que pequena, qualquer coisa que o ligasse à sua própria humanidade, mas não encontrava rigorosamente nada, a não ser o frémito misterioso que o impelia a criar, a alagar o mundo de beleza e de consciência da morte. A escravidão da luz que irrompia de si, ao mesmo tempo que a larva o corrompia por dentro. O pêssego só, juntamente com os outros. Por vezes, sou levado a pensar que a minha humanidade é somente uma intenção. E talvez este desejo de ser seja a própria causa do *Requiem*, como se tentasse reconduzir-me aos homens, à humanidade que suspeito não ter, ou tê-la apenas em estado rarefeito. Por outro lado, caminho muito mais na direcção de fugir de mim do que na direcção de me encontrar. Mas, também, qual é o homem que possui forças para se encontrar face a face consigo próprio, sem morrer? Tal como Medusa, estamos interditados de ver a nossa imagem refletida, só que em nós não se trata da imagem exterior, mas da imagem interior, que confere então a impossibilidade de vermos o que faz que sejamos aquilo que somos. Talvez eu tenha apenas um adiantamento de lucidez concedido pelo tempo, para saber isto e sofrer. Talvez isto seja o riso último desse mesmo tempo, riso último sobre a arte que me escraviza

e venero e com a qual, por vezes, chego a preocupar esse inimigo. E porque ser homem é ser
contra si mesmo, digo: eu morte, eu contra
mim; eu que me destruo, que renasço, que destruo a minha própria natureza destrutiva — eu
arte. Deste modo, seria muito difícil a João
adormecer.

Por mais que viajasse, nunca se habituaria à
sensação de perda que as mudanças de cidade e
de casa lhe causam. Sentia precisamente a falta
de algo impreciso. A bagagem já estava pronta
a descer para a carruagem. Levava consigo o
Requiem totalmente escrito, faltava apenas fazer
algumas revisões, pormenores, acertos. No seu
último olhar pela janela, Lisboa mantinha-se
perdida. As ratazanas esgueiravam-se do sol,
que principiava a assumir a sua força. Como
que sob a direcção da batuta de um maestro, os
gritos principiaram repentinamente. De novo o
dia. Sempre o mesmo dia até ao fim. Escutava
em si os últimos sons, as últimas palavras do seu
Requiem: Requiem aeternum. O repouso eterno
que a vida não concede. Afasto-me agora da
cidade. A música cá dentro mistura-se com a

sujidade, a indigência, a miséria, o horror lá fora. E o pó envolve tudo, unifica estrada e existência. O mesmo pó que nos suja, que nos mata, que somos nós. João dirigia-se a Paris e não tinha quaisquer dúvidas que não fazia sequer sentido gostar cada vez menos ou cada vez mais de si próprio. Esta noção — si próprio — perdia-se alhures dentro de si como um facto irremediável do passado ou a estrada que ia ficando a cada instante para trás.

Agradeço ao livro de M. S. Kastner, *Três Compo-sitores Lusitanos para Instrumentos de Tecla — Drei Lusitanische Komponisten für Tastaninstrumente* editado pela Fundação Calouste Gulbenkian.

Agradeço aos senhores Mário Marques e Rui José Carvalho.

Acabou de imprimir-se
em Dezembro de 1998
na Tipografia Guerra (Viseu)
numa tiragem de 1500 exemplares.

DEPÓSITO LEGAL 129177/98